# 愛有多深

曹綺雯　著

潺嵐過處　此刻永恒　師生路上　欣喜同行　曲徑坦途　主恩滿載　嘉賓懿行　躍動思潮　痛有多深　愛有多深　世情萬狀　點滴情懷

人生路上的心靈獨白

點滴情懷

談人性　論時事　説教育　講體會

傾情盡意　坦蕩蕩

——《愛有多深》

# 張序　筆下有情

張雲生牧師

基督教宣道會荃灣堂主任

得知綺雯再度結集出版新書，為她深深感恩高興。

蒙邀寫序，既感光榮，也實在感到不配。自知在寫文章方面既不才，在名家面前更不欲獻醜，然而，為了推介，為了希望社會出現更多有情有愛的動人故事，我只好勉力。

認識綺雯本人，是從她帶病患（小腦萎縮症）親人來教會聚會開始，見她一人兼顧兩位坐輪椅的病者，已心生敬佩，及後知道她為了這個不為人熟悉、以致在治療上資源極不足的病症，奔波勞碌，甚至促進成立病人及家屬互助組織，一身兼數職，帶動社會注意及關心這個暫時仍未能有藥物根治的疾病，實在難能可貴。

多年之前，我牧養的教會也有一名患這樣病的信徒，當時我以為自己算是忠心牧養他的了。誰知有一次，他輕聲（免我尷尬）問我是否趕時間，他這一問，

才叫我發現自己在餵他吃蛋糕的這麼一件輕而易舉的事上，竟然露出不耐煩、輕率、不細心……種種大忌真相，我自覺非常慚愧，也懊悔自己的愛心原來只是如此這般；相較之下，綺雯要長期照顧自己家中各人之餘，更關心其他相同病患者的需要，猶如無敵女金剛般的力量氣度。

其實，綺雯的個性，卻是極之溫柔，連說話也非常輕聲，與人的交往每每顯出禮貌和摯誠，是謙謙的君子。後來又知道，原來她的學養和資歷，是這麼的高，心裏更是尊敬。

回說她的文章，每篇都有獨立的主題，選材非常獨到，可看出作者的匠心；這次把眾多文章歸納為幾個範疇（單單默想這些條目，已令我讚歎！），從中可以看見作者的心懷有廣度也有深度：她能對大自然和身邊的事物細心留意，她對孩子及老師們的關懷以至培育極為有心，她對基督信仰有認真的反思，她對病人及家屬的同情共感……，在在都非常精彩，而最令我感覺強烈和感受至深的，是她的筆下有情！

綺雯的文章，許多篇都是從故事（或曰事故）出發，每每能讓讀者輕易代入，畢竟都是我們見過和聽過的事，然後她說之以理，動之以情，情理兼備，怎可能不是好

文章；進而是挑動你的情懷，叫人受感躍躍欲試的與作者並肩同行……，寫到這裏，我以為她是傳道者？大概都是！且是以文弘道和以生命證道的，不可多得的啊！

綺雯，恭喜您，也祝福您！

願主賜福使用您和您的文章！叫我們的社會，就算是在患難中，也見真情。

# 朱序　咖啡都擱涼了

朱少璋博士
香港浸會大學
語文中心高級講師

2014 年綺雯老師出版散文集《師心童心》，我在序文的題目中順口開河，大剌剌地說「我們喝咖啡去」。卑微願望，到今天還沒有達成。喝咖啡前諾未踐，綺雯老師新著又成；隙駒無情，白馬的皮毛總留不住文章，白馬非馬詭辯就先已成真——求馬，黃黑馬皆可致；求白馬，黃黑馬不可致——是我耽誤了約會？還是綺雯老師成書太快？

綺雯老師榮獲「2018 年香港人道年獎」，我認為實至名歸。「先要把別人當做人。尊重和接納他人，就能自然而然地釋出關懷，維護他人尊嚴。」主題句「先要把別人當做人」看起來尋常簡單要實踐則殊非容易。但看己亥風雲色變庚子疫潮澎湃，天災與人禍中，那些「不把別人當做人」的種種所作所為，在先進而文明的香港，居然處處可見。

慶幸我認識的好朋友大都躬行實踐「把別人當做人」的信念，是與信靠主有關嗎？也許是。當年我們組織的查經小組，成員中就有一位非常「把別人當做人」的「大貓」，可惜已先走一步。同輩同道溘然長逝，中年情懷不免頓生薤露之悲。聽她的好友秀娟説，「大貓」彌留之際總緊緊盯着天花板，秀娟在床邊輕聲問她：「是天使來接你嗎？」「大貓」點頭。

綺雯老師的文章也着實實踐了「把別人當做人」的信念，好多故人與往事，在她細心的關顧下得以成為文章，連我家那隻多年前「逝世」的貓都在她的作品中出現；種種都是隙駒白影上的快筆留痕，任你公孫龍如何狡辯她筆下就是「把別人當做人」也「把白馬當做馬」。

幾十年前的學生到今天還與她保持聯絡，這肯定是經常相約喝咖啡的成果。其實我是有點交際恐懼症，再稔熟的親友相約，無端的壓力就一下子蓋頂而來：總是先擔心記錯日子時間，繼而顧慮找不到約會的地點，更害怕見面時找不到話題。「同心而離居」我認為是很不錯的交往方式，起碼個人習慣如此，但卻因此而失掉了好些朋友。綺雯老師體諒，囑我再為她的散文集寫序，讓我得以重溫六年前有關咖啡約會的口頭承諾。這幾年我真的深居簡出息交絕遊，一來年紀漸大只想集中精力

潛心多寫幾部書，二來教學工作太忙公餘也實在沒有力氣酬酢。「我們喝咖啡去」其實是脫胎自粵語口頭慣用語「得閒飲茶」，意思大概就是「保持聯絡」或「各自珍重」——我是這樣為自己的冷漠或無情作開脫的。至於見面時到底喝甚麼？咖啡或茶，不妨依舊寫在人生餐牌上的最末一行，朋友知心始終不會本末倒置，當然也不會計較冷飲熱飲在價錢上的差距。有一位朋友好有趣，點套餐附送的「餐茶」永遠是熱咖啡。「餐茶」送到卻總是讓給共同晉餐的朋友：「你幫手飲埋佢，我唔飲嘅。」還不忘叮囑熱咖啡要攔涼了才喝：「慢慢飲，可以傾多陣。咖啡凍咗又唔駛加錢，升值呀。」我這杯咖啡攔了整整六年，用公孫龍的詭辯論證，一樣升值。

# 自序　走過廿載人生路

記得多年前一齣電視劇的流行名句是：人生有多少個十年！十年人事幾番新，十年、二十年間，可以發生無數無數故事。

自 2003 年在《號角》月報「師心童心」專欄執筆，轉瞬幾近二十載，每月一篇文稿，寫的都是觸動心靈的情思。數百篇文稿，正透現着自己對人對事的看法。2014 年曾把 2003-2013 年的文章統整，出版了《師心童心》結集。瞬間輾轉六載，《號角》月報也轉型為《號角》雜誌，不再以專欄編輯。正好讓我再把這些年來 (2014-2020) 的文稿作個合集，以留紀念。

這些年來所發表的文章，大概可歸納成六個範疇，這六個範疇成為了本結集的六個專輯主題，各呈顯出不同的面貌。它包括了：

清風過處　此刻永恆
師生路上　欣喜同行

曲徑坦途　　主恩滿載

　　嘉言懿行　　躍動思潮

　　痛有多深　　愛有多深

　　世情萬狀　　點滴情懷

　　重閱往昔文章，有如走進時光隧道，每一篇都有它的故事，都是生命中的一個歷程。那些年、那些人、那些事、那笑聲、那動態、那神情，畫面流動如在目前。撫着一字一句，像撫着自己的過去、學生的過去、親朋好友的過去、社會的過去……

　　一些重聚又散了的學生，如今可好？師生路上，欣喜同行。愛過痛過的香江，可曾給年輕人一個機會？可曾知道痛有多深，愛有多深？一位專心研究小腦萎縮症的科學家，十多年來孜孜不倦地努力研究這罕見疾病，毫不理會旁人的訕笑。如今喜見有所突破，回看文章，重憶他肩負如此重擔，多年來歷盡艱辛而信念仍那麼堅定，能不令人動容？（〈縈迴腦海的演詞〉）還有……在台灣苗栗的一個村莊短住數天，蟲鳴聲中，享受為大自然擁抱的安舒。（〈蟲鳴聲中慢活〉）……好友同窗結束了她的教學生涯，在退休臨別贈言中欣然道出：感謝眾多學子多年來不厭叮嚀，讓我能「匪手攜之，言示之事，

匪面命之，言提其耳」，盡享教者喜悅。（〈圓滿句號〉）

⋯⋯片片段段，曾留下，就好。

在結集成書的過程中，更難得的是多年育我靈命成長的基督教宣道會荃灣堂主任張雲生牧師和筆耕知心友朱少璋老師慨允為結集撰寫序言。匯智出版社羅國洪先生盡心細意編輯。感謝這些好朋友、有心人，為「師心童心」第二輯《愛有多深》畫上了圓滿的句號。

# 目錄

**曲徑坦途　主恩滿載**

## 嘉言懿行　躍動思潮

## 痛有多深　愛有多深

# 清風過處　此刻永恆

# 活在此刻

人們常說：「活在當下」，倘若能夠做得到，已是很難得的生活態度，這意味着懂得珍惜「現在」，不會浪費時間緬懷過去，幻想未來。但這「當下」，一般是相對於過去與未來，指的是目前的一段時間，這段時間之內，還有無數事情要兼顧。

最近忽然有點領悟，不但要「活在當下」，還要「活在此刻」，就是指每時每刻，應專注於每件所做的小事情上：走路時留意自己正在走路，好好欣賞路旁一朵小花；吃飯時細嚼一根菜、一尾魚；沐浴時不要匆匆忙忙的，要享受每一次暖水的擁抱……「活在此刻」，關注的是「此時此刻」，關注的是這「一瞬間」，好好享受，好好把握。

曾看過一本書這麼說：「你無須為了之後的任何事情，而隨隨便便地趕快把碗碟洗乾淨。」洗碗碟的時候，就專注於洗碗碟好了。這其實是一種生活態度的鍛煉，讓我們必須注意「此時此刻」，不要經常「思想

遊魂」，虛虛空空，渾渾噩噩地過日子。終日為下一瞬間的事擔憂，心理負擔必然很重，整個人生就繃得緊緊的。

我們的生活是由無數的「瞬間」所組成，重視每一個「瞬間」，就是重視了你的人生。其實這也不是甚麼新發現，小孩子不是從小就學習做事要專注嗎？孩子因為年紀小，容易給外物分散精神，學習不專心，結果成績不佳。坊間有不少訓練班，專門改善孩子的專注力。而成年人呢？是太多思慮，太多煩擾了，柴米油鹽、工作、持家、供樓、供車、人際關係、生老病死……要關顧的事千頭萬緒，心，哪能安靜下來？我們容易看得到孩子的不專心，卻難察覺自己內心的凌亂、不專心。

重視「瞬間」，專注於「瞬間」，讓自己每一刻都有平靜的心境，踏實的感覺，這其實有助於情緒的穩定。農曆新年到臨，破舊立新，讓我們不但「活在當下」，還要「活在此刻」，好好珍視每一個瞬間，與親朋相聚，不再是例行公事，而是認認真真的專注其中，享受其中！

# 蟲鳴聲中慢活

　　剛從台灣度假回來，今次的旅程很特別，不是到台北吃喝玩樂，也不是到陽明山住旅館浸溫泉。事實上非旅遊旺季的陽明山，我甚喜歡，那寧靜總教人捨不得離開。可是，陽明山畢竟是旅遊點，為配合客人的需要難免有一點兒商業味道，有時感到大自然像給包裝了起來。

　　今次旅程來到台中苗栗一個村莊，短住六天，真真正正回歸自然。極目四望，蔚藍的天擁抱着稻田、菜園、果林，嫩嫩綠綠的夾雜着點泥土味。在朝陽初露的早上，偶爾看到綠野上一群白鷺飛過，疑心自己進入了仙境！

　　我和妹妹一行四人住在友人家中，這是非常簡樸雅致的兩層樓房，內裏有先進的設施：空調、冰箱、濾水器，一樣不缺。但屋子裏的擺設：那實木家具、樹幹造的椅子、藤製的躺椅、高高的天花上懸掛着參差有序的圓圓的紙罩吊燈，還有那東南亞風情的吊扇，在千多尺的大廳中閒坐，暗暗的，不亮燈，讓人不期然地靜下

陽台遠眺，蟲鳴聲中，靜待破曉。

來，思緒也徐徐舒緩放開。

　　這裏人煙稀少，旁邊沒有樓房毗鄰，據友人説遠處那些零星小屋大多是穀倉。有一天早上，從住宿房間往窗外拍了一張照片，前景是一大片田野，遠處是山，點綴着幾座小屋，本來就是一幅淡淡的水墨畫。到了下午，竟然看到蔚藍的天，白雲輕飄，小屋、田野，都亮麗起來，整個畫面就充滿詩意，活像世外桃源。我禁不住再拍一張照片，萬料不到在同一地點，只要穹蒼轉換一下衣裳，就有如此不同的情調，教你不能不驚訝創造奇功！

　　這幾天，清晨，只聽到風聲、鳥聲；日間，偶爾傳來人們的剪草聲、放煙火驅鳥的一聲長鳴；晚上，直至

破曉，就只有蟲鳴聲。在寂靜中，聒耳的蟲鳴聲像告訴你：你並不孤單，我在陪伴你。小村莊所有人都早睡，所謂早睡指的是晚上九時多已經關燈了。我習慣不賴床，凌晨四時甦醒便起來，我喜歡坐在陽台，任由微風輕拂臉龐，這清風跟房間的空調，感覺完全不同。四周漆黑一片，靜待黎明……

在陽台遠望，360 度盡是天空田野，全裹在黑暗裏。漸漸地，天空變成深海般的湛藍；漸漸地，大地披上薄紗；漸漸地，天邊出現一絲紅光。偶爾一群飛鳥掠過，打破沉寂，帶來朝氣。一輛電單車從遠處大路經過，又讓你曉得這畢竟是個現代世界。

這麼悠閒地慢活，有人說是奢侈，浪費時間；我說是難得的享受，活像人間天堂。看官以為如何？

# 當善良遇上善良

一個年僅 20 歲的埃及青年，製作短短四分鐘微電影 The Other Pair，片中沒有一句台詞，卻觸動了世界上不同文化種族觀看者的心，榮獲埃及盧克索 LUXOR 電影獎。

片中述說一名貧窮小孩，一身污穢衣服，窮得連穿着的「人字」拖鞋也破損，正在拿着那破鞋子，想設法子把它修整好。忽然，一雙閃鑠亮麗的皮鞋掠過眼前，孩子頓時被吸引住，目不轉眼地瞪着那漂亮的皮鞋。可是，鞋子不是送贈給自己的──是穿在一名衣著光鮮的小童腳上。那雙閃鑠亮麗的皮鞋，有沒有嘲諷那破爛的「人字拖」呢？不曉得。那破爛的「人字拖」有沒有自慚形穢呢，也不知道。只見那富有男孩多次抹拭他的皮鞋，想是十分鍾愛吧。而那窮男孩，每遠望一次那皮鞋，就露出微笑來，雖然每次回看自己的破鞋子時，都一臉無奈，但抬起頭再望向閃亮皮鞋時，又微笑了。他

心裏怎麼想呢？應是羨慕多於妒忌吧！

　　畫面一轉，原來地點在火車站，那富有男孩跟父母上火車了。劇情一轉，那上車的男孩竟在擠上車的時候，把鞋子掉失在月台，時間緊迫，在電光火石間，火車開了！

　　一隻閃鑠亮麗的皮鞋，靜躺在月台，它告誡了我們：貧苦時該堅守甚麼，富有時該如何做，沒有一句說教，卻勝過無數句說教，非常感人！

* 四分鐘感人電影，願與你們分享。
　網址：https://www.youtube.com/watch?v=My_qDEU2n0Y

# 人貓情未了

　　舊同事傳來一個簡訊:「博士貓上月死了。」他不是個凡事到處説的人,能這樣跟我説,心裏必有其極難過處。這「博士貓」,我與牠有一面之緣,那年大夥兒到這同事家裏玩,他專誠介紹了家中的貓咪,還笑着説了一些關於他和牠的故事。

　　我知道永別的痛,無法使人瞬間釋懷,此刻,我只能安慰他:「想起你説過牠會伏在你的胸前睡,多溫馨!彼此信任,難得!曾經相聚相親,此即永恆,心中懷念,就好。」過了幾天,他傳來四十多張「貓相」,全是「大頭照」,只拍攝臉部表情:疑惑的眼神、溫柔的看望、俏皮地撥弄繩線玩耍,側目、凝視、瞪眼、瞇眼——他留住了牠畢生的神情。

　　拍攝的地點:在地上、在沙發上、在床上!我禁不住回應他説:「這使我也想起昔日的貓咪跑到我床上玩、睡……」他竟回覆説:「阿烏?」啊,「阿烏」,一頭貓的名字,十多年前我曾輕輕提及過,他居然仍然記得。

我想，他真是對貓兒有特別的情愫。

我驀地懷念起我的貓來，想找回「阿鳥」的舊照。可惜找了一星期，原來相別四十多年，家人都遺失了孩提年代的照片，一張也沒能尋着。但這一星期來，「阿鳥」的聲音，牠顧盼的神情，我們與牠生活的種種細節，竟如在目前。

有些人不喜歡貓，因為牠有點孤傲；有些人喜歡貓，也因為牠有點孤傲。以前的居所，房間是用屏風木板間隔的，由地面立起，距離屋頂留有一尺多空間，那間隔板的厚度，不過兩吋多，貓咪能有本事躍到間隔板的上端，然後像走鋼線一樣，優雅地行走自如！更奇妙的是能夠安安穩穩地蹲坐在上面。只見牠前腳緊貼並排，露出一雙像穿着雪白靴子的小腳，一動不動，居高臨下。管得你下面喧鬧追逐，牠一概不理。偶爾對聲音作點回應，耳朵只往前往後翻一翻，又重投自己寧謐的世界，悠然自若。

這情景，不禁使我想起卞之琳的詩作〈斷章〉，當中只有四句：我站在橋上看風景，看風景的人在樓上看你。明月裝飾了你的窗子，你裝飾了別人的夢。

到底誰裝飾了誰的夢，弄不清了。只記得那時候，貓咪是我們幾個小孩子的密友。牠最愛曬太陽，曬太陽

的時候，四腳朝天，像一個人在仰睡，頭枕在地上，露出雪白的下顎，雪白的肚皮，這時，我們最愛用手掃撥牠的下巴，牠就舒舒服服地享受！可是，牠最不喜歡人家觸碰牠的肚子，但我們頑皮，有時偏向牠的肚子下手，乘牠熟睡時往牠的肚皮擠一下，嚇得牠霍地翻起身來，向我們襲擊。那時，我們都跑得遠遠的，指着牠大笑。牠沒可奈何，不一會，又躺下，舔舔肚皮，再睡。不過，也有不幸被牠反撲成功，給牠抓出幾度可怖的血痕！但誰也不會遷怒於貓兒，只怪自己咎由自取！有時血痕還沒有乾，貓兒已盤睡在我們的大腿上了。

「阿烏」走了；「博士貓」走了。人與物，易散難聚，漸行漸遠。誰完成了一段旅程，誰就先下車。

這車程，不曾孤單，就好。

對那下了車的，有點思念，就好。

有思念的總比沒能思念的好。

# 永別又如何

　　前陣子欣賞了一齣原創音樂劇。這劇由「演戲家族」於 2009 年首度公演，榮獲多項殊榮，包括最佳整體演出、最佳原創音樂、歷年最入心劇目及最佳原創曲詞。2014 年與香港小交響樂團攜手合作，名為「《一屋寶貝》音樂廳」。

　　一般而言，音樂劇重點還在「劇」，對劇場元素，例如演員動作對白、戲劇張力、場景安排、舞台設計等都比較看重；音樂，只是另類表達手法。然而，這音樂劇，重在「音樂」，歌曲歌詞是全劇的靈魂，其他劇場元素倒扮演了「綠葉扶持」的角色。

　　進場後看到舞台上已幾乎坐滿交響樂團成員，心中正疑竇：場地、佈景都欠奉，「劇」如何演？看下去，原來歌曲歌詞本身已有足夠吸引力，演員邊唱邊做，音樂與情節融和，不但推演着劇情，更牽動着人心。

　　《一屋寶貝》改編自日本小說《在雨和夢之後》，內容幻奇。由一對相依為命的父女講起，父親為女兒到遠

方尋找象徵幸福的大鳳蝶、可惜不慎掉進深坑死了，但因惦記女兒，化成鬼魂返家中。女兒不知父親已逝，看到父親歸來，欣喜莫名。人鬼殊途，何以能相認，當中涉及鄰居靈媒的幫助。這靈媒，人們以為她有陰陽眼，其實原來她也是「寶貝」，死去多時，返回人間為守候他的愛人。寄居在這屋內的「寶貝」還有田氏一家，他們全因火災死去，靈魂漂漂泊泊的，而最出人意表的是這家男主人原來未死，他只因不捨家人而扮作鬼魂跟他們一起。最終如何了斷這人鬼關係，且看他們唱的一首歌：

田老太：賺到你心牽掛我　立志顧家供養我
　　　　時日令黑髮漸白　卻幸福更多
　　　　做個滿足老婆婆　一生已經過
　　　　甜在個心窩　永別又如何
田太：賺到了的給予我　未吃過的分與我
　　　甜蜜日子你在座　每日都拍拖
　　　二百歲跟你諧和　多得你給我
　　　同路到今天　永別又如何
田家去者：沒有你支撐過我　沒有你珍惜過我
　　　　　回望亦只有白活　歲月不似歌

在這個終結時辰　心知你跟我

連繫這麼多　心中記得我

同樣都不錯

田家男主人：永別又如何

劇終了，我在想：一些人認為把事情看透就得冷眼旁觀，對人對事不存感情，樂得逍遙。但人若去掉七情六慾，還算是一個人嗎？劇中人卻深深明白：曾經，已是永恆。珍藏之，無憾。順其自然，平靜安然。濃情放開了，昇華後反能淡然回味。永別又如何。對愛人兒女，對親朋好友，對健康，永別又如何。

全劇有一句台詞最震撼我，那是小女孩對鬼魂父親說：「爸爸，你走啦，我會好好照顧自己，你放心。」

如果要我總結對這劇的感受，我會說：哀而不傷；怒而不怨；愛而能放；戀而能捨。

# 畫一個媽媽

朋友從 Whatsapp 傳來一個圖像，還附有一段文字：

> 甚麼是幸福？
>
> 在伊拉克，一個沒有媽媽的小女孩，在孤兒
> 院地面上，畫了一個媽媽。
>
> 她小心翼翼地脫下鞋子，在媽媽的胸口睡着
> 了……
>
> 真不知該如何用人類的語言去詮釋這樣的一
> 個畫面。
>
> 我們還有甚麼理由抱怨自己不夠幸福？
>
> 珍惜現在所擁有的！其實幸福可以很簡單。
>
> 默默地看着這幅畫，也許你會感動落淚……
>
> 珍惜所有生命中出現的人！

媽媽陪伴身旁，真不是必然的。

日前乘坐小巴，一名大概三十歲的男士，牽着一

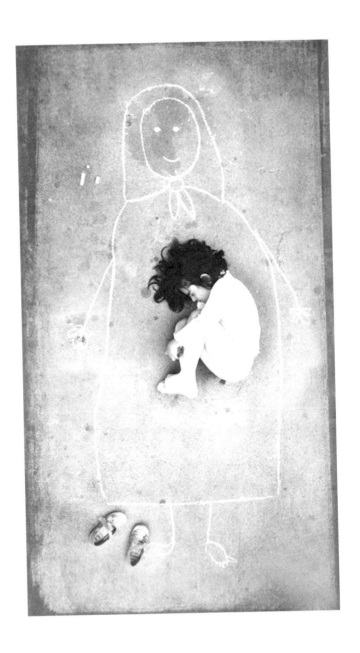

個三歲多的小男孩上車，坐在前排。那孩子一直在哭，聲嘶力竭地哭。最初大家不以為意，以為是孩子耍彆扭哭鬧而已。誰知細聽清楚，那孩子重重複複嚷着的，竟是：爸爸，我好掛住媽媽……嗚嗚……我真係好掛住媽媽……嗚……媽媽呀……嗚……我好掛住你……我真係好掛住媽媽呀……嗚嗚……我好掛住媽媽……

那呼喊聲，不但淒楚，簡直有點淒厲，全車的空氣都給凝住了。人們最初是看着他們，最後，每個人都垂下頭來，不敢正視──不忍正視。我身旁的嬸嬸拿出紙巾來……

這男孩的母親病了？死了？遠去了？不辭而別？與爸爸分開了？不曉得，但想必不是短暫的分離。那爸爸沒提媽媽一句，只拿着一架玩具車，低頭柔聲對兒子說：你看車車，多漂亮……車車，你看，你最心愛的車車……這爸爸顯然想引開孩子的注意力。可是絲毫不奏效，那孩子依然拼盡他的全力，哭！我要媽媽，我好掛住媽媽……我真係好掛住佢……嗚嗚……

孩子的爸一直很有耐性地逗他。孩子一直在哭。

也許，此刻，孩子甚麼也不需要，他只需要一個擁抱，一個來自媽媽的擁抱。

# 常回家看看

　　幾年前中國內地一首歌曲〈常回家看看〉，一推出就唱紅大江南北。歌詞說的是：「找點空閒，找點時間，領着孩子常回家看看，帶上笑容，帶上祝願，陪同愛人常回家看看……常回家看看，回家看看，那怕幫媽媽刷刷筷子洗洗碗……」

　　說的是溫馨親情，提醒現代忙碌的年輕人即使工作再忙也得多抽空回家看看老人。這似乎是尋常道理，沒有甚麼新意，但它能觸動人心，風靡一時，據說正好反映了當前「冷落老人」的家庭問題，道出了年長父母的心聲。

　　針對這情況，中國法例也有回應。新修訂的《老年人權益保障法》，2013 年 7 月 1 日起開始實施，明文規定家庭成員：「應當關心老年人的精神需求，不得忽視、冷落老年人。與老年人分開居住的家庭成員，應當經常看望或者問候老年人。」該法同時規定：「用人單位應當按照國家有關規定保障贍養人探親休假的權利。」

對於尋常親情關切，竟然要立法管制，把「經常看望或者問候老年人」寫入法律，換言之，不常看望老人將屬違法。這看來有點笑話，但笑中有淚。不過，立法這一舉措也有它的正面意義，起碼向社會敲起警鐘，承認確實存在子女對父母關愛缺失的現象。

當然，子女不看望父母，有時是「非不為也，實不能也」。很多年輕人為了養家餬口，不得不離鄉別井去謀生，而很多私人企業對法定假期也無法保證，年輕人又哪能有時間「常回家看看」呢！所以，有律師認為，需要有相應法律條款配合，例如帶薪休假等法律條例規定清楚，保證子女有履行其義務的基礎，這個新修訂的《老年人權益保障法》才能有效實施。而香港算得上是個有規有矩的地方，僱員法定假期不會被剝削，地理空間也不致太遙遠，「常回家看看」應該較易辦得到。

立法，只能最低限度規範人的行為，但心態如何？無法規管。歌曲〈常回家看看〉，說的不單是「回家」，而且是「帶上笑容，帶上祝願」回家──這是衷心的探望。

想起《論語》中孔子論孝：「今之孝者，是謂能養。至於犬馬，皆能有養；不敬，何以別乎。」

這是「回家看看」的最深層意義。

# 牽手

　　情侶們手牽手，有時還來個十指緊扣，令人感到甜蜜溫馨，但不會令人有甚麼驚喜，或許只視為理所當然。

　　上星期偶爾看到一雙牽手，卻令我十分動容。

　　一名大概不到 30 歲的男士，手牽着一名約 60 歲的婦人，他們樣子很相像，想是母子吧。那男士像牽着女兒一般，二人邊走邊說，其樂融融。一般而言，這把年紀的中國人，母子能伴着走已經很不錯了，或是子女挽着年老父母攙扶前行也是常見的，但這兒子竟能溫情地牽着只微有白髮的母親的手走，散發着單純的情意，像是天國一景。平凡，但動人！他倆緩緩地從遠處迎面而來，我不禁慢下腳步來欣賞這難得的一剎，真想拿起照相機把它拍攝下來，但這可侵犯人家的私隱啊，當然不能。即時心生一念，如果能把街頭動人的情景拍攝下來，以牽手為主題，那有多好！

　　不多天，看到一名婦人，左手牽着約 3 歲的小兒子，右手拿着大包小包的東西，身旁還有一名約 5 歲的

女兒緊緊地隨後拉着她的衣角，一直跟着走。做母親的，像有點不放心，不時回過頭來叮嚀小女孩：「不要放手呀，緊拉着我呀！」在這「牽」與「不能牽」之間，盡流露出母親的擔心與關心。

想牽，但不能牽，這使我想起兒時的父親和母親。父親因為患病，腳站立不穩，手要攀扶着物品才能走路，他自小就不曾牽孩子的手。母親呢，也不多牽我們的手，因她患了癆病，怕傳染給我們，總是跟我們保持距離。現在憶想起來，期待父母親能牽我們的手，竟曾經是我兒時的夢想。

牽手，是情意的交流，給人溫暖，給人信心，給人安慰，給人力量。在這學年過了一半的日子，竟有 22 名大、中、小學生自行了斷生命。執筆之際，正傳來一名理工大學學生跳樓身亡。近日幾乎「每日一死」，令人心寒。真恐怕一稿初罷，又傳來噩耗。

我想，不管輕生的原因是為學業、為感情、為人生出路，此刻，他們想得通抑或想不通，當然涉及理性；但想不通的痛苦，肯定是感性的層面。如果有誰在這孤寂的一刻，給他牽手，也許，會牽回一條性命！

# 大貓的笑

從不曾見過貓兒會笑，唯獨大貓。

大貓是我查經班的一位姊妹，她不幸剛因肝硬化去世了。由她發病至離世，不過幾個月。現只能在照片中重溫昔日與她共聚的日子。照片中，她的笑容，令人懷念。

笑得人仰馬翻的大貓是怎樣的呢？從未見過。她咔咔地大笑呢？曾有幾回。她是一隻胖大貓，每次出現，走路時雖然拖着沉重的身軀，步履還是輕輕省省的。她總是微微地閉上嘴唇，微微地笑着前來——啊，這就是熟悉的大貓的笑容。

每年秋季，她都宴請我們在她家中吃大閘蟹，很回味。她非常好客，總是笑咪咪地問：「大家吃夠了嗎？」她一邊問，一邊還說：「我很喜歡吃！」我們看到面前一大堆蟹殼，還在吃，吃得非常滋味。我們都取笑她，她一臉童真，腼腆地笑說：待會兒多喝一點薑水就可以了。

她知道我正負責一個病人互助協會，她經常主動走近我身邊，輕聲說：「有甚麼需要就『出聲』。」微笑地。

與好友「大貓」合照

事實上自協會創會以來，她一直經常以無名氏捐款支持我們，並且有次在電視節目中看到協會一名年輕病友的情況，就動了慈心，主動提出設立一個基金，以支援這名病友的輔助治療及生活費用。她又毫不吝嗇地贊助病友購買昂貴的電動輪椅。每次當我向她致謝時，她總回應說：這是天父的財寶，我不過是管家而已。微笑地。

最後一次看到她笑是在浸會醫院，她一臉倦容還在處理公司的事務。我只跟她唱了一首詩歌，並為她禱告便告辭了。我臨離別時，她輕輕地抬起頭來，微微一笑，無力地、柔聲地說：「我沒事了，你們不用念着來探我。」她知道眾人事忙，總不想別人為她操心。

前天大夥兒在查經小組一起禱告，憶述大貓生前種種，懷念她，祝福她。我彷彿看到大貓在我們頭上俯視着我們，悠然地，微微笑着，如往昔。

今年聖誕，獨欠大貓的笑，想她必然安躺在主的懷中，想念着我們，微微笑着，如往昔。

# 斷捨離

欲斷難斷還要斷，不捨難捨終要捨。難斷難捨難離——這關乎感情，也關乎思想。斷捨離，是否必然是一種被迫的情狀，無奈的心態？人們是否可以斷得甘心，捨得樂意，離得安然？

斷捨離，是日本最近極流行的術語，由一名「雜務管理諮詢師」山下英子提出。她的工作是指導人們如何整理房舍雜物。但她理念獨特，使人從整理雜物開始，產生奇妙力量，從外在「看得見的世界」影響到內在「看不見的世界」，在日本掀起一股心靈運動的熱潮。

所謂「斷捨離」，指的是「斷絕不需要的東西；捨去多餘的事物；脫離對物品的執着」。說穿了，沒甚麼新意，就是我們慣常說的「破執」；實務來說，與「五常法」中「常組織、常整頓」有一丁點兒相近。不過，「斷捨離」結合了現代人的處境、剖析了現代人的心理、用了現代人明白的語言去闡述，解難與實際操作並存，從整頓一個抽屜到整頓人生，人人可行。魅力在此。

「斷捨離」不是要人們過簡樸的生活，更不是苦行，而是追求「令自己舒服的，開心的」生活，目的是透過整理物品來了解自己，重整心中的渾沌，讓人生舒坦。首要思想的是：甚麼值得留下來？這很重要。不是「有用的」東西都要留下來，而是「自己有需要的、用得到的，令自己舒服的」才留下來。原來很多東西，擁着它，也許只是沒想到：捨棄它會有另一新天地。棄掉、送人，頓使環境清爽、心境從容。物品轉到它該到的地方去，循環再用，功德無量！

「斷捨離」與五常法最不相同的地方是：它不是整理，而是捨掉。更重要的是，它不是為了丟棄舊事舊物，而是為了開展新的將來。

《聖經》約翰福音（新普及譯本）曾記述耶穌基督復活後，向抹大拉的馬利亞顯現。當時馬利亞轉過身來，用希伯來話對耶穌說：「拉波尼！」（拉波尼就是老師的意思）耶穌立刻回應說：「不要拉住我，因為我還沒有上去見父。你要到我的弟兄那裏去，告訴他們我要上去見我的父，也是你們的父；見我的神，也是你們的神。」一位牧師曾這樣詮釋這段經文：過去，耶穌降生為人，人們把祂當作人的身份看待，把祂稱作老師，理所當然；但如今，祂與人們的關係，已不再單單是老師的

身份。祂叫馬利亞「不要拉住我」，是要我們對祂有新的認知——捨棄舊有「人與人」的概念，與主耶穌進入「人與神」的新境界！

# 師生路上　欣喜同行

# 陪孩子跑一場障礙賽

　　每個孩子的成長都是一場障礙賽，過了一關又一關。但若第一關也闖不過，遑論有機會去闖下一關。在起跑時已經跌倒，傷痕纍纍，障礙，便似是永恆的阻隔，隔斷了前面光明的人生路。

　　對一位年輕人關朗曦而言，他小時候要闖的第一關，叫「讀寫障礙」。讀寫文字，對他來說，是天大的難事，但過不了「文字」這一關，甚麼知識也與你絕緣。他這樣憶述他的童年：「我吃慣了『零雞蛋』，被人嘲笑、作弄，是同學間的笑柄。我沒有自信，害怕任何『出風頭』的機會，只會乖乖呆在角落，別讓人留意到就好了。這是我小時候的願望。」

　　曾經有人說這孩子是沒有希望的，但他的父親並不這樣想。他察覺到兒子對觀鳥很有興趣，於是陪他在觀鳥的世界中，追尋探求的樂趣，重燃他的好奇心，也發掘出他繪畫的天分。這是稍能回復孩子自信的第一步。

　　然而，學業成績還是那麼差勁，路，該如何走呢？

在香港，教育局沒有特別照顧這些孩子的良策，於是，朗曦的父母想到送他到外國去。他們在英國找到了一間學校，專門幫助特殊學習障礙的學生。校方透過調校學習方法，幫助他們完成中等教育證書，讓他們有機會投考預科及高等教育課程。

當年朗曦還未滿十四歲，便獨個兒到英國唸書去。這不是一個普通少年人出國留學，而是一個一向受人嘲笑、潛伏着自卑心理的少年，要到一個陌生的地方，獨自生活。我們可以想像到他有多惶恐；而他的父母，有多大的擔憂！

孩子畢竟要自己去超越障礙，身為父母的，縱不放心也得放手。如何從旁支持鼓勵，陪孩子跑這一場障礙賽，至為重要。一步一艱辛，一步一祝福，點滴在心頭。

這孩子，如今竟然能完成大學課程，且以優異的成績畢業！他走過的路，父母陪他走過的路，不容易。這歷程，全記錄在《陪孩子跑一場障礙賽》這書上。書中最後一環節，作者關子凱醫生「寫給與子女同跑障礙賽的你」，當中的標題包括：論空間、論獨特經歷、論說話技巧、論成長的儀式、論體能操練、論獨處、論禱告、論親密關係、論社群、論表達。可見他對如何「陪孩子跑一場障礙賽」有他全面的體會。

每個孩子的成長都是一場障礙賽，該怎樣與他們同行呢？讓《陪孩子跑一場障礙賽》告訴你。在這新學年開始，老師們，加油，與孩子同跑每一場障礙賽！

# 常規以外的天空

　　曾經在這裏談及一名孩子突破「讀寫障礙」的難關，闖出自己的天空。在這過程中，實在給予我們不少啟悟。

　　他唸小學時，曾接觸音樂和五線譜，但他讀譜比閱讀文字更困難，老師認為他近乎「音盲」。可是，到英國唸書後，空閒時間較多，孤獨的時間也較多，偶然拿起結他撥弄，居然能上網自學結他。更因一名朋友猝死，觸動了他的心靈，在安靜傷感淒冷的空間，孕育了他創作的情懷，開始寫曲、填詞。音樂的境界，原來有比「音盲」更重要的東西。常規以外的天空，很遼闊。

　　從網頁上看到一位執業精神科醫生丁錫全，原來他也有讀寫障礙的困難。不過，較可幸的是丁醫生在閱讀字詞時沒有障礙，只在書寫時才出現認知困難。所以他有能力閱讀不少書籍。那年代，還不認識「讀寫障礙」是甚麼一回事，只知孩子默書總不合格，書寫時一塌糊塗。幸好丁醫生小學時遇上好老師，常規以外，用了很

多方法幫助他，如教他背誦唐詩宋詞，琅琅上口，期望他「不會吟詩也會抄」；又要他每天寫大字，以熟記文字筆畫，希望他不再執筆忘字。而且，丁醫生還有口吃的情況，老師又教他朗誦，甚至鼓勵他參與朗誦比賽。當然，志不在獲獎，他笑言：「雖然我從未得過獎，但確實令我大膽了，口吃也改善了。」

就這樣，丁錫全公開考試中英文總算剛合格了！但這個成績不能讓他進醫學院。也許由於理科成績優異，他得到了一個面試的機會。在面試時，面試官愈說愈快，他的語文能力根本接不上去，他當時心想：凶多吉少。最後，他推想校方着重學生做醫生的心，不介意他的語文成績未合標準，結果超乎常規，錄取了他。

但「讀寫障礙」不會因此離開他。他憶述：「試過有教授說，如果他不是教授，未必明白我寫的功課論文，因為不少字串得不太正確。」幸好，醫學院更重視培訓學生確實掌握知識，所以一些臨床課程都不要求學生答卷，只需要口頭解說答案，這幫助了丁錫全能順利畢業。

丁醫生認為診病的過程就像推理，透過不斷的問答和檢查來斷定可能出現的病症，然後再縮窄可能性，所以和病人的交流才是最重要。在治療病人工作上，讀寫

障礙就不是障礙。

　　常規以外，還有很多可能性；且推開常規的框框，這將會為我們展開生命中始料不及的美景！新的一年，願常規以外天空更大、更廣！

# 小天使「以樂傳情」

　　二月，春臨人間，大家都喜氣洋洋迎新歲。一班小腦萎縮症患者，也來一個「新春聯歡」。他們能出來一聚，殊不簡單，有些要乘坐差不多兩小時的復康車前來，有些若沒有義工幫忙接送，也未能出席。難得一百多人歡聚一堂，彼此祝福！而且，今年還有一個演奏隊伍來助慶，義演豎琴和歌唱！──豎琴，難得一聽；更難得的是，演奏者不過是 5 歲至 10 歲的小孩子！

　　那天，這一群小天使和家長、導師們，早上 9 時多已集合東涌會場預備一切。孩子們都盛裝打扮，頭飾衣飾，一絲不苟，小女孩穿上輕盈白紗裙，小男孩穿上黑色禮服，結上蝴蝶呔，認認真真、漂漂亮亮的。他們像一群小天使，降臨人間。他們真的是小天使，因為他們的演奏、歌唱、笑容，帶給會眾歡樂與愛。

　　這不過是區區一次二十分鐘的義演，但導師的安排，像出席大表演一樣，十分隆重。這是對大會的尊重，對觀眾的尊重，更是對孩子的一次教育。教導他們

愛與尊重，即使面對一班弱勢社群。

　　這導師在千禧年代初，毅然放下做了十年的工作，返回大學校園全時間進修她喜愛的音樂，畢業後以教授豎琴為主。她對傳授音樂抱有自己的理想，她說：「希望能夠持守以樂傳情，盼望我和拍檔的豎琴學校，給學生的不只是技巧、獲獎，給家長的不只是服務、支援，給同事的不只是金錢、前途，而是作個勇敢願意分享的有情人、謙卑的同行者。信主的學生能散發神的愛及信徒的香氣，我想這才是認識藝術的真善美。」

　　能把理想付諸行動，不容易。要說服孩子們，特別是孩子的家長們，還有協助活動的其他導師，花時間精神做一件「對自己沒有甚麼好處」的事，在今天的社會，真難！沒有激起一點愛心，是不能成就的。

　　豎琴，難得一聽；更難得的是，演奏者不過是 5 歲至 10 歲的孩童；最難得的是，導師背後的善念！

　　這真是一群幸福的孩子。幸福，不是因為他們有條件學習豎琴；幸福，因為他們遇上一位啟迪心靈的好導師！

# 不一樣的演唱會

　　月前參加了一個音樂大匯演——正確一點說，是一個演唱會，由一位教授唱流行曲的老師舉辦。

　　演唱會，當然要有氣氛，佈置得愈華麗愈好，愈有潮流特色愈好。但當天現場幾乎沒有佈置，只貼滿了彩色海報，台上左右上方有現成的銀幕，顯示出「Marvix音樂大匯演2015」，如此而已。偌大的表演台背後，連一張最常設的橫幅也欠奉。主辦者Marvix在台上說：「這次音樂會，佈置得如此『簡陋』，就是希望能把最多的善款直接捐給一個自助互助組織『香港小腦萎縮症協會』。」雖然這只是一個小型演唱會，演出者也是歌唱學生，但他不管能籌得多少善款，只專注地竭盡心力，以誠以愛去完成這善舉。

　　在芸芸眾多自助組織，何以偏偏選中「香港小腦萎縮症協會」呢？原來背後有一個故事。源於四年前，一位年輕人，說話結結巴巴的，走路顫顫震震的，來到Marvix老師面前，請他收他為徒，教他唱歌。Marvix得

知他原來患了小腦萎縮症，喉嚨肌肉緊促。當下老師不想給他假象，免他有無謂的幻想，坦白告訴他，他實不宜唱歌，而且，學唱歌畢竟是一件奢侈的事，倒不如踏踏實實地把錢留下來生活還好！但這誠摯坦率的關心，換回這年輕人更誠摯的懇求，對老師說：「我真的很喜歡唱歌，而且希望能在這方面發熱發光！」

好一句「發熱發光」，Marvix 決定收他為徒，給他一個機會，也不計較他能否繳付學費。四年來，教者用心，學者努力，這年輕人終於能撐着拐杖，克服了咽喉肌肉繃緊的困難，自信地跟常人一般拿着咪在台上演出，且入選大小歌唱比賽。一曲〈海闊天空〉，唱出了歌曲的精魂，也唱出了他的心聲！

一個充滿愛和溫暖的音樂會，一個充滿愛和溫暖的故事。在台上演出的所有學生，不約而同地都感謝老師建立他們的信心，鼓勵他們突破自己。

這是一個不一樣的音樂會。這是一位不一樣的老師。

# 童唱世界

　　剛在香港浸會大學禮拜堂聽了一個兒童歌唱音樂會，名為「童唱世界」。四十多名小孩子，從小三到小六，在台前開心地演出。他們唱的全是西曲，分作兩組，每組分別演唱七、八首歌。嘩，小小年紀，已能把英語歌詞背誦頌唱，了不起！當中曲目包括大家熟悉的 Sing a rainbow，日本歌曲 Sakura；此外，還有一些非常冷門的歌曲，例如：南美歌曲 Solfege Samba，以色列歌曲 Haida，非洲利比亞歌曲 Funga Alafia ——這些歌曲的歌詞殊不簡單，不過，全難不到這班小天使。看着他們輕鬆自信地演唱，有時還加插點動作，揮灑自如，教人擊節讚賞。

　　大家也許想像這一班小天使必然穿着得漂漂亮亮的，男孩子該是穿上小西裝，掛上煲呔，女孩子穿上通紗長裙，頭上夾上美麗髮飾之類，全是小王子小公主吧——非也，他們全穿上普通 T Shirt，普通長褲而已。

　　這實在是一個不一樣的音樂會，緣於一位香港浸會

與「童唱世界」策劃老師林禮婷小姐合照

大學音樂系學生，她對普及音樂教育深感興趣，她認為音樂不應是富有人家孩子的專利。因此她申請了一個基金為基層兒童提供免費合唱音樂訓練，培養兒童對音樂的興趣及提升他們的外語能力。此計劃希望能擴闊孩子的視野，並藉着合唱表演發揮服務社會的精神。

這天晚上，「童唱世界」的演出標示着他們努力的成果。同場還加插音樂系學生的演出，例如長號演奏，孩子演唱時導師以笛子伴奏等。這符合了計劃的目的：提升孩子對音樂的興趣和擴闊他們的視野。所以，我想，這次的音樂訓練，並不會因為「童唱世界」音樂會的結束而結束。正如他們選的其中一首歌曲：As Long as I have Music（只要我有音樂）──只要我有音樂，我就可以使我的生活更優美！

我非常欣賞設計和推行這計劃的年輕人，他們真的熱愛音樂。音樂，已成為他們與別人生命的連合。有甚麼比共享音樂更令人快樂呢？

「童唱世界」演出的小朋友

# 陋室銘

一篇傳頌已久的文言文，在我唸中學的時候，已納入範文。如今語文教材各自選輯，想不到也給收進精讀之列。這是一篇饒有深意的短文：〈陋室銘〉。

> 山不在高，有仙則名。水不在深，有龍則靈。斯是陋室，唯吾德馨。苔痕上階綠，草色入簾青。談笑有鴻儒，往來無白丁。可以調素琴，閱金經。無絲竹之亂耳，無案牘之勞形。南陽諸葛廬，西蜀子云亭。孔子云：何陋之有？

文章說的是作者劉禹錫參政失敗，官場失意，屢遭遷謫，在五十多歲時，被貶到遠方做個小官，住在一所陳設簡單而狹小的房屋（陋室）。但他不會因為自己失去權位，在物質上匱乏而抱怨，反而為自己潔身自愛、不同流合污而感到驕傲，肯定自己的品格。他談及在陋室中與學問淵博的好友交談，有素琴相伴，並可細閱喜愛的典籍。而且由於公務並不繁忙，自可享受寧靜淡泊的

樂趣。總的一句:「何陋之有?」室雖簡陋,品格超遠,生活素質不減!

文章雖好,但如果以「切合學生生活經驗」為選材原則,這篇文章不應入選,因為中學生年紀輕輕,如何能體會唐朝一位官場失意的中年人,面對坎坷際遇的心境!

今年視學,一位老師正要教授這一課。這篇短文,且安排在中學二年級。

透過老師交代作者生平、寫作緣起,加上詳盡的文白繙譯,學生解讀原文意思,完全沒有難度。換言之,「認知」作者的原意不難!難的是:這與學生何干?

啊,好戲在後頭!一名學生在座位裏輕說:「原來有人這樣想的!」另一名學生卻說:「如果是我,我不會這麼快屈服!他應該繼續抗爭!」更有一位學生說:「他,沒得選擇,無奈吧!」

孩子有他們敏銳的觸覺,獨特的聯想。可惜這時候,下課的鐘聲響起,老師未能回應。

本來老師在設計教案時,沒有預留時間跟學生作延伸討論的,但我鼓勵老師必須讓學生盡情暢談,因為這將成為拓闊孩子另一片天空的契機!老師欣然同意,決定下一節課留給學生各抒己見。下一教節,將會是很刺激的辯論課!並且必然是學生個別生命的真切回響!

# 年輕人的別稱

現代年輕人的別稱是甚麼呢？食飽無憂米的無知者？終日埋首打機的隱青？完全不肯負責任的廢青？徒然埋怨的憤青？——為甚麼呢？年輕人的朝氣和理想到底去了哪裏？他們的魄力、熱情怎麼冰封了？誰可為他們解凍？

且聽我說一個真實的故事：故事的主角是一群來自兩所學校、九月份才剛升上中五的年輕人。透過老師的引導，竟大着膽子參加一個由美國麻省理工大學舉辦的比賽，名 IGEM，即國際基因工程生物機械競賽（International Genetically Engineered Machines competition）。這比賽的名稱對許多中學生而言，着實不知所云，望而卻步。然而，這一群孩子卻興致勃勃地參加了。這源於他們就讀學校的生物科老師是熟知生物科技的。學校在低年級開始已開設生物科技課，在校內組織「生物科技學會」，其中更有「腦神經學會」，讓他們年紀小小已進入這偌大的科學領域，激活了他們的好奇心，開拓了他

們的視野。

他們要思量參賽的主題。最後決定以「脊髓小腦運動失調症的嶄新診斷方法」為題，尋找新的生物標記，希望可以及早為準確診斷這罕見病建立實驗基礎。脊髓小腦運動失調症，俗稱小腦萎縮症。為此學生們前往香港中文大學訪問專研究此症的學者陳浩然教授，向他討教。同時也邀請了小腦萎縮症組織的患者前來，讓他們切切實實地理解和感受患者的難處。當天我以香港小腦萎縮症協會副主席的身份，與三名病友前去分享。當得悉他們正研發一「納米機」來檢定第三型小腦萎縮症（SCA3），這設計的目的是能快捷準確地作出測檢，而又無須花費高昂費用。我和三名患者都十分訝異，這些學生小小年紀，竟對 SCA 這病認識那麼深，而他們的研究，聽起來好像是大學研究的課題，也似乎是科學家和醫生的專利，區區十六七歲，能有如此識見，我直言：「讓我眼前一亮！」

我也好生奇怪他們從何得知這罕有疾病。原來他們初步構思只是為罕有疾病做點研究，而剛好他們的老師當年是陳浩然教授的學生。事有湊巧，這師徒在中大校園相遇。事，就這樣成了。

這兩所不是甚麼傳統名校，但只要老師用心引導，

年輕人就能有所發揮。老師的責任是薪火相傳，傳的不單是知識，更是求學問的態度。荃灣公立何傳耀紀念中學、保良局羅氏基金中學的老師，你們做到了，我為你們感到驕傲。我記得朋友說過：「年輕人的別稱是希望。」所言甚是！

# 釵頭鳳‧紅酥手

「死去原知萬事空，但悲不見九州同。王師北定中原日，家祭毋忘告乃翁。」南宋詩人陸游臨終前所掛念的還是家國事，這種至死不渝的愛國情，難怪被譽為「愛國詩人」。回望他的一生，他力主北伐，縱或有歷史學者認為這建議是不智的，但無礙他的愛國情懷。他屢受主和派排擠，鬱鬱而終，可說是一位「悲情詩人」。

一般老師，大抵把以上的內容說清楚已功德圓滿。但陸游還有一闋「愛情悲歌」，若老師能與年輕學子細談，想必能令他們別有所思。

話說陸游二十歲時與青梅竹馬的表妹唐琬結婚。唐琬擅長詩詞，與陸游可謂意趣相投，二人甚是恩愛。可是在封建禮教裏，女子無才便是德，舞文弄墨竟是「罪」，夫妻恩愛親密也是「罪」。因此家族鄰里間頗多微詞，陸母也認為這媳婦不合體統，對她非常不滿，逼使陸游把唐琬休了。陸游不忍違母命，終與唐琬執手相看淚眼，離婚了。

數年後，二人已各自嫁娶，怎料在城南的沈園意外地重遇。陸游心中悵然，於沈園內壁上題了一首《釵頭鳳》，滄然而別。詞云：「紅酥手，黃藤酒，滿城春色宮牆柳。東風惡，歡情薄。一懷愁緒，幾年離索。錯！錯！錯！　春如舊，人空瘦，淚痕紅浥鮫綃透。桃花落，閑池閣。山盟雖在，錦書難託。莫！莫！莫！」唐琬其後回應了一闋詞，不久，抱病而終。

　　年輕人對愛情特別敏感，詞中的情深情傷必能觸動他們的神經——或是觸動感性的情懷，或是觸動理性的批判。

　　許多時候，老師的「題外話」，往往在不知不覺間潛藏在學生的心坎裏。一位大學同窗說，收到一名舊學生傳來信息，謂她正在香港大學上易經課，老師講解時引用了陸游的釵頭鳳，「紅酥手……」這勾起了她的回憶：「這首詞，您教過我。」也另有學生回應說：「我也記得你教過，後來我也有教學生這首詞。」這同窗好友滿懷安慰，想不到當年的「課外知識」給學生留下如此深刻的印象，也感受到薪火相傳的喜悅！

# 圓滿句號

今年有幾位教育界的同窗好友榮休，當中包括一位老師，一位校長。不約而同，她們對自己的教育路作出回顧。從她們的分享中，令我感動、欣喜。

這位教師同窗，在學校的刊物上發表了她的「臨別贈言」：

> 是的，我喜歡教書，從讀書時期開始；是的，我快將退休，從下一個學期開始。多年的教學，我所學會的，僅是明白「記問之學不足以為師」矣。
>
> 感謝學校能提供一所教學平台，讓我能以「道而弗牽，強而弗抑，開而弗達」的態度施教。
>
> 感謝眾多學子多年來不厭叨嘮，讓我能「匪手攜之，言示之事，匪面命之，言提其耳」，盡享教者喜悅……
>
> 一水護田將綠繞，兩山排闥送青來。素心人，數晨夕。

雖是短短一段文字，道盡為師者的品格、態度！能警醒自己「記問之學不足以為師」，這是對自己的學識要求甚高。提醒自己必先做好學問功夫，不僵化地傳授知識。這樣才夠資格當老師！

　　香港教育一直為人詬病的是「填鴨式」教育。但這老師的施教準則是：啟導。不牽着學生的鼻子走；嚴格但不會抑制學生自由發揮；先不將結論說出，要求學生自行思考、推敲。多好！

　　她還會對學生耳提面命。不僅牽着他們的手，恐防迷失方向，還會當面告誡，仔細叮嚀！愛之深，責之切！當中必然經歷反唇相稽、叛逆難擋的時刻，可知如何忍耐，循循善誘，方能「盡享教者喜悅」！

　　最後，樂見她以「一水護田將綠繞，兩山排闥送青來。素心人，數晨夕。」作結。一片閒適的心境，復歸大自然，寧靜致遠。

　　另一位校長同窗，憑詩寄意，送來了〈退休前抒懷〉，概括了畢生的追尋，努力持守正道，敬業樂業：

　　　少懷壯志為人師，努力讀書性自持。
　　　酷愛文學研經史，閒來吟誦好詩詞。
　　　講盡佳作千千遍，教得學子愛深思。

經師人師常自勵，言教身教樂孜孜。

栽得桃李花正盛，心中富足在此時。

　　從來經師易得，人師難求，好一句「教得學子愛深思」，彌足珍貴——特別在這紛擾不休、是非曲直難斷的年代。還要言教身教，不會只彈高調，須言行合一，在這年代，也當有莫大的勇氣！

　　兩位同窗好友，在教育路上有所堅持，有所承擔，且樂在其中，此刻誠然畫上了圓滿句號！

# 毋忘初心

近月有機會返回大學擔當文學創作導師，透過學生的作品，讓我更深入地瞭解當今年輕人的內心世界。自己也曾年輕過，年輕人有他們的理想，也有他們的迷惘，只是每一年代的理想和迷惘實質上有所不同。

參與這文學創作計劃的，都是熱愛寫作的青年，因為不計算學分，而在沉重的本科學習壓力下，仍願意花時間上課，還要創作詩歌、小說、散文，非得有熱切的渴想，不可能持續地每周上課一小時，連上五周，有些還選擇繼續上至第八周，也有談得欲罷不能，連續上兩小時的課，我也樂意騰出午膳時間，跟他們暢談。

這單純熱愛寫作的心，在我看來已彌足珍貴。今期的參加者，有唸化學的博士生，有唸會計的碩士生，有唸音樂的，也有在體育界卓然有成的。然而，在理科、商科和藝術、體育的世界，未能滿足他們，他們還有另類的思想領域，有觸動他們情懷的事情。他們都希望發而為文，不為甚麼，只為自己留個紀念，也許，是青春

留痕吧。有一位學生直言，大學本科是用來「搵食」的，文學創作才能使他感到自己是個有血有肉的人。一名內地學生有如此的醒悟：「我曾聽說：歷史是假的，小說是真的。」我說：「你相信嗎？」他默然點頭。說罷，我們沉默了半晌……

有學生說，不少快畢業的同學竟不想進入職場，寧可做「廢青」，他們對前路完全沒有信心。我說，帶着這心態活下去，恐怕不會快樂吧。可是，他們真的找不到方向，世情時政令他們感到失望。他們說，尋夢？明知怎麼努力，夢想永遠不能達到，那我幹嗎要追尋！捆綁在種種的限制牢籠，而這些限制確乎是人類生存的必要條件，這些限制卻又扼殺了自己的人性，該怎麼好？對愛情、對性的迷惑，更惶惶然不知所措。面對家庭生活的壓力與理想的追尋，更真實也更迷惘了……

指導學生寫作，除了寫作技巧外 更重要的是構思內容，確立主題，這必然面對思想的衝擊。與他們探討人生路向、生命價值，討論公義、平等、自由，談及民族情、愛情、親情、友情——這其實是人世間互古常存的課題。種種挑戰，重重難關……

我問他們：為甚麼喜歡寫作，絕大部分的答案是：因為我喜歡思考。

於是，我告訴我的學生：莫忘初心。問一問自己為甚麼喜愛寫作呢？為甚麼不去打機喝酒渾渾噩噩嘻嘻哈哈無聊「吹水」呢？他們笑了。

附：吳俊賢《封箱的記憶》序言〈遼闊無垠的天空〉。

# 遼闊無垠的天空

## ——年輕作家吳俊賢《封箱的記憶》序言

　　近年在香港浸會大學擔任文學創作導師，讓我有機會觸碰年輕人的內心世界。選修這課堂的大多是熱愛寫作的青年，因為不計算學分，而在沉重的本科學習壓力下，仍願意花時間上課，還要創作詩歌、小說、散文，非得有熱切的渴想，不可能持續每周上課一小時，連上五周，有些還選擇繼續上至第八周，也有談得欲罷不能連上兩小時的課，我也樂意騰出午膳時間跟他們暢談。

　　修讀者中有唸化學的博士生，有唸會計的碩士生，有唸音樂的，也有在體育界卓然有成的。然而，在理科、商科和藝術、體育的世界，未能滿足他們，他們還有另類的思想領域，有觸動他們情懷的事情。他們都希望發而為文——不為甚麼，只為自己留個紀念，也許，是青春留痕吧。有一位學生直言，大學本科是用來「搵食」的，文學創作才能使他感到自己是個有血有肉的

人。一名學生有如此醒悟:「我曾聽說:歷史是假的,小說是真的。」我說:「你相信嗎?」他垂下眼簾,瞥着嘴微微點頭。頓時,我們沉默了半晌⋯⋯

這單純熱愛寫作的心,在我看來已彌足珍貴。縱或因種種原因,住後未能延續寫作夢,此刻即永恆。而當中有下了極大決心,視寫作為他生命中極其珍重,且願意作出犧牲的,那就更令人欣喜莫名。這就是吳俊賢同學了。

俊賢主修寫作。他於去年竟花三個多月的時間,每天觀察世情,並為此寫一則比喻,定名「比喻人生100」。百天過去了,他就把這百則比喻公諸於世,搞了個「比喻人生100」投票活動,找來了親朋好友老師同窗,從100則比喻中,選出10-15則「最愛」。他是非常認真地去觀察、去思考。憶述這百天的日子,他笑說:「剪髮師跟我慨嘆了三遍,驚嘆我頭上的白髮如雨後春筍,瞬間

冒起來。凡事總需付出一些代價，每天構思一則比喻的確會殺死不少腦細胞。」他說此舉目的除了讓他對讀者的好惡有個了解，從而繼續改進外，更重要的是「提倡文學與生活的密切關係」。年紀輕輕，居然能體會到文學並不是有閒人的玩意，難怪他一再強調「寫作與個人、生活不可割裂」。

觸覺敏銳、思路超脫是俊賢作品的特色。當你進入俊賢的文字世界，你將經歷一個驚喜的旅程，一個思想深邃的國度，一個無所拘限的疆界。你萬料不到一雙鞋子，它會引申體會到祖輩一代似疏離又堅定的婚姻關係：外公是個不解溫柔自我中心的小商人，終年在外少歸家。外婆懷孕生育做家務帶孩子一腳踢，她極其硬朗又非常有主見，從她堅持不肯就範纏足可見一斑。這樣的一個女子，是屈就了她，對嗎？文中卻有不尋常的演繹。作者又從把收藏舊鞋子的偏執還原為「害怕割裂」。當長大了，受到愛情失敗的挫折，他感到：「腳掌下的墊子越走越薄……彷彿地上一塊石子也能把這段感情割裂。」他又頓悟：不願割裂還須割裂。他續說：「那時我選擇走下去。堅持走下去大抵源於外婆的愛情觀……」文末收筆竟然是描寫外公外婆前後個別同行的情景：「二人的身影所保持的距離彷彿已是一種共識，

或默契。我知道腳上的鞋子都不是他們最嚮往的一雙，卻是質料最堅韌、最適合沿着生活的軌道循環往復的一雙。」(散文〈鞋子〉)

除了拓展了你的思維空間外，俊賢的作品常顯出豐富多姿充滿想像的文采。隨便掇拾幾則：

「校工把椅子倒疊桌上，如一個個擱淺的靈魂。」(新詩〈課後〉)

「斜陽展開寬敞的雙臂，暖暖地擁抱着大地。……橘黃色的光像沾上濕紙的水彩顏料，迅速擴散到整個市區，貪婪得連一條小巷也不放過。」(小說〈斷當〉)

「八個數字並不足以代表甚麼，身邊不乏有頻頻更換電話卡的人，為了逃避特定的人和事，割捨不想延續的關係。當電話筒另一端，一把女聲傳出『對唔住，你所打嘅電話號碼未有用戶登記』的話時，我們便該知道，繩索斷了，一段脆弱的關係就此遺失在茫茫大海之中，像一個錢幣掉落彌敦道擁擠的大街上。」(散文〈邂逅〉)

「你慶幸今天不跑泥地／草地上馬蹄向後撥動／撥開草苗撥開泥濘撥走你的運氣／仆你個街／明明可以博六環彩贏位置Q／只要個死人鼻再長少少⋯⋯你們各自執一雙筷子／靜靜吃一鍋稀爛的粥／你不說話／你妻子不說話／你兒子不說話／而你在想／三甲不入的幸運神駒／那賽馬第一名是隻／爆冷馬名叫／家多福」（新詩〈神駒〉）

俊賢的文字技巧與內容深度遠超他的年齡。年紀輕輕怎能承受如此沉重的閱歷？正如他曾提及朋友們知道他愛觀察世情，愛思考，而且感情豐富，恐怕他思想傾向負面，因為每天實在很多悲劇發生。而他也坦言：自己太認真，有時感到有壓力。看到他 2019 年 9 月 18 日寫的詩〈鬱〉，實在為他擔心：

偶然察覺生活與想像中的生活存在時差

來自好幾件不怎礙事的礙事堆疊而成，便

感到一種龐大的虛無在內臟滋長，恍惚

仿佛窗外驟然下降的小雨也足以擊破

�⋯⋯我只能

倚着欄杆在停滯不前的時空裏焦躁

眨眨眼睛看清本相，在我的聽眾面前
佯裝觸摸到實際上沒有觸摸到的溫度
卻沒法解釋緣由，像情緒為何總是
那麼波動起伏，像秋天為何總會掀起
紫薇園的哀愁，像這行詩句為何要在這裏斷
句。

我彷彿看到一個無奈無助的心靈在空中飄蕩⋯⋯然
而，當我想起他的另一首詩作〈棧道〉，頓使我釋然於懷：

遠離瀑布後仍有水滴落，原來是雨
路仍得走下去，日子是石間的縫
不透光，索橋隨雨和風哆嗦
瑟縮的肩頭上沒能挑起甚麼，但我們
仍得走下去
⋯⋯而棧道
不過是自行選擇的路

對，俊賢，我們既選擇了自己的棧道，就豁出去。
且細看道旁風光，我且悠然。

朋友，我誠邀你一起來穿越俊賢的棧道，與他共享
他遼闊無垠的天空。

吳俊賢（吳見英）2019 年得獎作品

1. 新詩〈斜坡〉獲第十屆大學文學獎新詩組冠軍

2. 新詩〈雨下〉獲第 46 屆青年文學獎新詩高級組亞軍

3. 散文〈鞋子〉獲第七屆全球華文青年文學獎散文組亞軍

4. 散文〈邂逅〉獲第二屆恒大中文文學獎大專組亞軍

5. 小說〈殘紅〉獲第 46 屆青年文學獎小說高級組優異獎

6. 小小說〈百葉窗簾〉獲第 46 屆青年文學獎小小說公開組亞軍

曲徑坦途 ──── 主恩滿載

# 主愛深恩

在一片送舊迎新歡樂聲中，農曆新年到了！孩提時代，即使只收到一雙新襪子已經樂半天；如果母親把舊毛衣拆掉，再配一些新毛線，編一件尺碼大一點的，又新穎、又合身，可覺得真奇妙！而聖經中有一句話：「舊事已過，都變成新的了。」更予人一種「脫胎換骨」的感覺。

今年我也有一個新開始，就是踏入 2016 年 1 月初加入了荃灣宣道會，成為這屬靈大家庭的一分子。在那天洗禮及轉會禮中，幾位在台上講述見證的，包括轉會的我，也不約而同地說：主的引領真奇妙！剛好選唱的詩歌是：主耶穌真奇妙。

怎麼奇妙呢？若沒有實證，很難令人信服。

在我們的分享中，都談及深切體會到人生有許許多多意料之外，直教人感到困惑、無奈、徬徨；而當中主的恩手卻一直拖帶，永不離棄，我們奇妙地安穩在主裏，正如祂的應許：「我的恩典夠你用！」（林後 12:9）。不管發生任何事，人看來何等不公平、何等無理、何等委屈，

祂都知道，且都在祂掌握之中，也必然有祂美好的旨意。

這真是一位「化腐朽為神奇」的神。就如我的家族面對一種遺傳病小腦萎縮症，五名家人先後在他們 40 多歲開始，走路不穩；手不靈活，拿不穩杯，寫不到字；說話不清，吞嚥困難，眼有重影。這多重殘障，想想，每天活下去也不容易！看着家人受着疾病折騰幾十年，又怎會相信「有一位神很愛你！」可是，神就有祂的時間表，祂的方法，祂的計劃，一步一步把一個終日指罵祂的、頑梗的我，帶回祂的身邊！

「人有苦難時，神在哪裏？」原來神只是沉默，並非冷血。也許，祂正落淚。這些年來我親身接觸不少患有小腦萎縮症的基督徒朋友，他們心中再沒有怨恨悲愴。其中一位只有 20 多歲的年輕病友，哥哥和父親也罹患這病，她竟能用以下一番話安慰她的母親：「有人適合病，有人適合健康，都是由神安排。祂絕對不會安排過於你能承擔的。……因為病了，才有時間去思想別人的感受（尤其是你）！」

這年輕人怎樣看公平呢？她說：「神對人很公平，每個人都有認識祂的機會！」

附：2016 年 1 月 10 日轉會禮的「見證」。

# 放心、放手

## (2016年1月10日轉會禮「見證」)

　　很開心我能夠加入荃灣宣道會這大家庭，成為家中一員。我返荃宣的崇拜已經有一年多了，最初是想多點認識這教會，帶住在附近的兄姐前來聚會。結果，自己留了下來……

　　感謝荃宣的牧師和傳道人，你們的講道經常能給我啟發、提醒和激勵，讓我更明白神的話語，體悟到天父的旨意，讓我的靈命得以造就成長。記得在去年「天國在人間」的佈道會，張牧師講述要天國在人間，我們先學會三件事：1.感恩、2.寬恕、3.謙卑，缺一不可。感恩、寬恕、謙卑，原不是甚麼新鮮事，但三項並列並重，而且與天國扯上關係，就令人有深刻的反思。後來我每次參加完崇拜，心都在想：這裏會否是我屬靈的家呢？我把這事交託在禱告中。最後，我決定：安頓在這裏。感謝主的引領，感謝各位牧者的啟導。

　　我也感謝家人出席我的轉會禮，包括我大哥、大

嫂、二家姐、三哥和妹妹。哥哥和家姐都要坐輪椅了，他們坐輪椅，不是近年的事，而是坐了十年二十年；不是因為老，而是因為病。這病，也不是三五七年的事，而是病了二十年、三十年。這是一種家族遺傳病，小腦萎縮。

人腦分為大腦，小腦，大腦掌管思維，小腦掌管平衡。所以，在他們40多歲的時候，開始走路不穩；接着是手不靈活，拿不穩杯，寫不到字；繼而說話不清，吞嚥困難，眼有重影。這多重殘障，想想，也知道每天活下去也不容易。

家中有這類病人，一個也嫌太多，而我的家庭，包括已去世的父親，現移居英國的哥哥，一共有五位。所以，昔日有朋友向我傳福音，說：有一個神很愛你，我覺得很諷刺、很荒謬，簡直是一個笑話。我想大家會理解我這樣反應也很正常。那時候，我也禱告，但在禱告中經常指罵神，罵得很多，也罵得好狠！

但是，天父對我非常容忍，祂好像毫無反應，對我的控訴置諸不理，但其實一步一步把我帶回祂的身邊，讓我消除對祂的誤解，認識真正的祂，感受祂的愛，接受祂的恩典。我由一個頑梗的人變成一個學會仰望祂、順服祂、稱謝祂的人，這段經歷真的奇妙，連我自己也

不相信。有機會再與大家分享！

　　在我的經歷中，這一位神，是可以——化腐朽為神奇！祂有祂的時間表，祂的方法，祂的計劃。不管發生任何事，都在祂掌握之中，也必然有祂美好的旨意。從歷史可以證明，這一位神，一直信守承諾，半點不差。而祂曾經應許：「我總不撇下你，也不丟棄你。」（希伯來書 13:5）。祂也清晰地說：「我的恩典夠你用！」（哥林多後書 12:9）。啊，這就好了，我們可以放心、放手，由祂率領，安然地走前面的路。

　　曾經有人說：夢想不會逃走，逃走的是你自己。

　　如今，我們也可以說：天父不會放棄你，放棄的是你自己。

　　感謝天父，感謝主耶穌，感謝聖靈！阿們。

# 香港人道年獎2018

　　本港首個倡導人道精神的獎項——香港人道年獎，由香港紅十字會及香港電台合辦，自 2007 年起，已舉辦了十一年。他們認為：保護生命、關懷傷困、維護尊嚴，正是人道精神的核心元素，所以設立獎項，為表彰在這三方面有貢獻的人士；目的是希望把人道意識帶入社會各階層，感染身邊的人一同參與人道服務。

　　香港人道年獎 2018 有六位人士獲獎。我有幸是其中一人。頒獎禮於 2018 年 11 月於九龍灣國際展貿中心舉行。我獲獎的原因是表彰我十一年前毅然放下正職，全力創立一個罕見疾病病人互助組織——香港小腦萎縮症協會，且一直持守本心，給病友一個互相支持的平台，在人生幽暗的時刻，與他們同行，並且鼓勵及協助他們積極生活，發揮他們生命的光輝。

　　記得幾年前協會一位顧問醫生曾擬提名我參選這獎項，但我婉拒了。因為我本着盡心把事情做好就安然了。別人的看法，於我，毫不重要。直至今年，協會的

「香港人道年獎 2018」頒獎禮後，與兄姐合照。

執委成員一致通過以協會名義推薦我。雖是盛意拳拳，
按我的性格也同樣會婉拒的。然而，歷練多了，仔細思
量，若能透過自己的經歷，讓其他人明白「人道精神，
人人可行」，誠一美事。於是答允參選。

　　本年的評審委員會主席為陳兆愷大法官，連同其餘
五位重量級人士，包括香港護士協會主席李國麟議員，
進行了差不多一小時的面試，垂詢甚詳，評審極為嚴
格。記得他們再次提問：「你認為甚麼是人道精神？」
我回答：「先要把別人當做人。尊重和接納他人，就能

自然而然地釋出關懷，維護他人尊嚴。」其後，他們把我這番話放在場刊內，在介紹我的篇幅中作為啟首語。

在頒獎禮的台上，寫着：「暗處有光，全賴有你」，直截了當地表彰獲獎者給別人生命帶出亮光。不錯，表面看來是對的。然而，細想一下，光的源頭卻不在我們。正如德蘭修女曾說過：Love until it hurts。久病床前無孝子，長期不斷地愛顧親人已經不容易，何況是去愛一些無親無故的不太相干的人。而且，有時還需調解一些不必要的糾紛，面對一些難纏的人。難怪評審員聽我說出創立和維持病友互助組織的難處和負擔，忍不住問我：是甚麼原因令妳堅持下去？

到底是甚麼原因呢？光的源頭在哪裏？且看下回分解。

# 暗處有光，全賴有祢

　　上文記述在香港人道年獎 2018 的頒獎禮台上，寫着：暗處有光，全賴有你。直截了當地讚揚獲獎者燃亮了別人的生命。而我身為獲獎者，看着，想着，別有一番感受。

　　驟然看來，獲獎者的確給別人的生命帶出亮光。然而事實上「人道精神，人人可行」，在我的病友協會中，不少會友互相勉勵支持，彼此分擔難處，同樣能使對方幽暗的生命重現光彩。所以在別人恭賀我獲得人道年獎時，我的回應是：平凡人做平凡事，如此而已。

　　可是，我說過由創會至今，難免遇上難處，使我感到無助、無奈、無力。在那時刻自己也黯然無光，何以能照亮他人？除了統籌事務繁瑣外，可能會遇上難解的事，難纏的人，這時就得看看德蘭修女寫在加爾各答兒童之家希舒・巴滿牆上的標示：「如果你做善事，人們會說你自私自利、別有用心；人們確實需要幫助，然而你若幫助他們卻可能遭到攻擊；將你所擁有最好的東西

獻給世界，你可能會被踢掉牙齒。」這等同於中國俗諺謂：「好心無好報。」所以不少人為免受傷，便持抱着各家自掃門前雪的態度做人，樂得逍遙。然而德蘭修女卻說：「不管怎樣，總得要做善事；不管怎樣，總得要幫助；不管怎樣，總得要將你所擁有最好的東西獻給世界。」

這是甚麼傻子思想？

一直以來，聖經提醒我們，處事待人必須要以基督的心為心。到底基督的心是何等樣的心？一位牧者曾說它必須持守三個心：謙卑的心、奴僕的心、順服的心。所以，德蘭修女認為即使遇上甚麼困難和挫折，也需堅持下去，燃亮別人的生命。她說：「說到底，它是你和上帝之間的事，而決不是你和他人之間的事。」

天父應許：「我總不撇下你，也不丟棄你。」「應當一無掛慮，只要凡事藉着禱告、祈求和感謝，將你們所要的告訴神。神所賜出人意外的平安，必在基督耶穌裏保守你們的心懷意念。」我的經驗確是如此。

因此，於我而言，「暗處有光，全賴有你」應是「暗處有光，全賴有祢」。

# 意外與恩典

　　寫這篇文章時正值歲末，回首過去一年，真有不少難忘的片段。其中最難忘的，發生在剛過去的一個月……

　　話說當天拖着疲憊的身軀回家，途中經過一片小空地，位置也有點偏僻，行人不多。當時地面像是剛進行工程，有點凹凸不平，心裏閃出一念：要小心走路了。這閃念還未掠過，腳卻不知何故不聽使喚，提不起來，絆着地面一丁點兒東西，整個人立刻向前仆下去！電光火石間，對自己説：一定不能頭顱着地！於是伸直雙手，順勢直衝滑向前方。結果「嘭」的一聲，下巴着地，算是保住了頭顱！當時動彈不得，幸好有一女士經過，成了救星。站立起來一會，頭已沒暈眩，下巴、手肘、膝蓋、頭少不免擦損流血，但沒有骨折，牙齦還好，真是不幸中之大幸！

　　其實在路上不小心跌倒，算不得甚麼。但因為四天後，我要講授一個新課程，是大半年前答應人家的，

因為取材要切合時事、生活，所以在這段日子，一直用心預備，最後整理完成，自己也感到非常滿意，也期待這次的講課。但這一跌，可大可小，若受傷嚴重，不管準備如何周全，也是枉然。更戲劇性的是：三天後，電腦竟然無故失靈，所有檔案不能開啟，幸好早已另有存檔！這一刻，記得聖經中一句話：「若不是耶和華建造房屋，建造的人就枉然勞力；若不是耶和華看守城池，看守的人就枉然警醒。」(詩篇 127:1)原來一件事情最終能夠順利完成，全是「恩典」！

過了幾天，食物及衛生局局長高永文出席跑步活動時意外跌倒，在電視熒幕上看到他那一跌，特別令我心寒，他血流披面——其實我也有可能！

當天講課的清晨，走在金鐘路上，下巴貼着膠布，手肘傷口還微微滲血，膝蓋還瘀黑紅腫，但總算能履行承諾如期講課，我滿心喜悅，深深感受到：全是恩典！

# 我將失去你

　　人世間離合聚散，本是平常事。積極一點看，離開的，他已完成了他的歷史任務；或者，用現代流行術語說，起碼完成了「階段性」的歷史任務。這樣看來，離別，應該是值得高興的。可是，多情自古傷離別，那種不捨，又那麼真實。不過，縱或捨得捨不得，要走的還是要走。

　　記得在 2014 年，我出版了《師心童心》一書，好友朱少璋博士為我撰寫序言，當中提及我書寫的字，初稿謂：「圓珠筆、鉛筆都隱約寫得出毛筆字的顏鈎柳捺。」其後在定稿中寫道：「一手硬筆字，一樣透得出柳畫顏鈎的矜慎與雍容。」當時看了，真感汗顏，因為雖然過去不少人稱讚我的書寫字，但這些年來，莫名其妙地指頭微微顫動，控制不了筆桿，字，寫得愈來愈小、愈來愈潦草、愈來愈歪七扭八，甚是難看。我原想過請朱老師刪去這讚譽，但回心想，就當作是歲月留痕吧，讓自己回味一下。

我已差不多失去了寫字的能力。但由於可用電腦輸入文字，問題不大。可是，自從 2015 年 11 月在路上無故跌倒，開始留意到自己的雙腳出了問題，間或控制不了步履快慢，偶爾感到腿有點僵硬而提不起來，有時不自覺地跌跌撞撞走碎步。這情況，醫生說，不會一下子急促退化，但會漸漸地、漸漸地，愈來愈差……

一天傍晚，我在家居附近的海濱長廊一步一步走，我竟細細地對我的腿說：我將失去你，但我很感謝你，你默默地「支持」我幾十年。對不起，我竟沒有好好地看過你。往後，我會更珍惜你。

事實上不管甚麼，最後總會失去。吃進肚裏的東西是如此，一個人由生到死亦是如此，難怪有人以「空」來詮釋這情狀。可是，離合得失之間，畢竟有一個過程，該如何過渡？若貫徹地走進「空」的思路，當然很容易解決，甚麼也不做，甚麼也不想，就能安然地從生到死，從有到無。而這一思路的終極想法是，最好「不曾生、不曾有」。

然而，我想到聖經的一句話：「我來了，是要叫羊得生命，並且得的更豐盛。」那麼，生死、得失、聚散，這過程，這終極，顯然不會是「空」的。

# 隨時的幫助

　　自從兩年半前走路有點不穩當，疑心自己遺傳了家族性的小腦萎縮症。後經證實沒有遺傳到這不治之症，心中安穩了。可是為甚麼走路時會跌跌撞撞呢？再三檢查才確診患上柏金遜症。記得當時那一刻，心一沉，抿着嘴沉默了。醫生看着我，微微笑着說：中這招好過那招！啊，一言驚醒，心結頓時鬆開了。二人相視而笑。

　　雖說心情放鬆了，就像以前面對家族的遺傳病一樣，雖不再問「為甚麼」，但仍需尋知「怎麼辦」。由於偶爾不留神就會在街上摔倒，所以我決定買一根拐杖輔助──選了一根非常漂亮的碎花紋的而且還可以摺疊的拐杖，每天伴在我身旁。

　　幸好退化得很慢，直至現在坐着的時候，外表看不出來，即使右手輕微搖晃，若不仔細留神是一點也不察覺的。然而，事實上人終日像坐在船上，腦袋晃蕩晃蕩的感到有點暈眩。所以每當別人說我不像是柏金遜症的時候，我就打比喻說：就像一個杯子盛着滾動的水。杯

子看來穩妥地放着，但其實……他們聽了，大抵一臉狐疑，感到難以想像。

　　不明所以的朋友，看到我拿着拐杖走，通常的反應是：「你不用拿拐杖呀，我見見你經常提着拐杖，根本用不着它。」特別看見我上落樓梯時一手扶着扶手，另一手就只管提着拐杖走。朋友又說：「我看見你下樓梯時全不用拐杖，其實是否不用也可以，免得倚賴了它。」我無從解釋。記得有一段短片曾在手機群組中瘋傳，片中一位坐輪椅的朋友下巴士後，自己就可以站起來推着輪椅走。人們大多認為他坐輪椅是博同情、騙車費甚麼的。其實，試想想拖着一輛輪椅出入多不方便，有誰會如此不化算。我回想自己有時候看見是平路而判斷自己的腳力又可以應付的話，我就把拐杖摺起握在手裏，小心地走。可是，當一感到腿有些不聽使喚時，便立刻一放手，拐杖瞬即彈開，我就可以放心前行了。

　　拐杖，感激你！你是我隨時的幫助。有你在身邊真好！

　　我想起聖經中，詩人曾說：你是我的避難所，是我的高台，是我隨時的幫助。(詩篇 46:1) 每個人都隨時受傷，又隨時受到誘惑，會跌倒。我深深體會到：隨時幫助的重要。

　　主啊，感謝你！你是我隨時的幫助。有你在身邊真好！

# 把心交給祢

　　新年到了，親友們總會彼此祝福。最為人樂道的祝福語，除了「恭喜發財」、「身體健康」外，隨處可聽見的，還有「心想事成」、「事事如意」！

　　心想事成、事事如意，多開心！說這話的人，必然有良好的善念，假設人們的心思意念都是美好的。否則，假如對方心懷不軌，還讓他「事成」、「如意」，豈非堪虞……

　　人心，其實難測。中國的成語、諺語給我們很多提醒，就如：居心叵測、心術不正、口是心非、佛口蛇心、人面獸心、蛇蠍心腸、知人口面不知心。讀後不禁令人心裏一沉。當然，也有正面描述的，例如：誠意正心、碧血丹心、劍膽琴心、仁心仁術、一片冰心在玉壺，都教人肅然起敬。

　　孟子對人心推崇備至，他論四端：惻隱之心，仁之端也；羞惡之心，義之端也；辭讓之心，禮之端也；是非之心，智之端也。他認為這是每個人與生俱來的。所

以，無惻隱之心，非人也；無羞惡之心，非人也；無辭讓之心，非人也；無是非之心，非人也。可是反觀現實人生，「人而非人」多的是，否則怎會有希特拉滅絕猶太民族行為？怎會有南京大屠殺事件？怎會有三聚氰胺毒奶粉？怎會有孔雀石綠魚？怎會有頭髮豉油？怎會有地溝油……

這就是一直以來，人們談論的「應然」與「實然」的問題。人性、人心，本應是美善的。但實際上，並非如此。難怪荀子主張人性本惡，他的論據是：「生而有嫉惡焉」、「生而有耳目之欲」，人生來就有憎惡嫉恨之心，有貪戀聲色之心。所以他認為必須要以禮教來加以束縛。

假如沒有對錯觀念，不知犯錯，無話可說。立心為惡，則罪大惡極，無可寬恕。然而，最令人痛苦的是：「立志行善由得我，只是行出來由不得我。」（羅馬書七：18）聖經中使徒保羅對人性有深刻的體會：「我覺得有個律，就是我願意為善的時候，便有惡與我同在。」（羅馬書七：21）「故此，我所願意的善，我反不作，我所不願意的惡，我倒去作。」（羅馬書七：19）。

基督教的教義有三個大主題：創造、墮落、救贖。神的創造本來是美善的，可是人犯罪墮落離棄神，惡念

遂生，結果天父差派祂的愛子耶穌來救贖人，人才與天父復和，回復美善。

　　所以，當我接受別人祝福「心想事成」、「事事如意」的時候，我該當心！假如我沒有把心交給天父，讓祂來警醒保守，我將如何抵擋心中的惡？

# 有心人

前陣子為一個「多元化探訪訓練課程」主講了一個課題，題目是：如何關顧罕見疾病殘障朋友。報名人數竟達 70 人。我感到這些參加者必然是有心人，因為當今社會人們都認為時間就是金錢，要花時間探訪關顧別人已很難得，還要花精神去學習如何關顧，必然不是把這事工當作打發時間的閒務，必然是認認真真地想把這事情做得更好。

我以小腦萎縮症為例，簡述這罕病的情況及道出病友需長期面對病苦的折騰。認識這情況後，也許人們會問：「那我們可以為他們做些甚麼？我應該怎樣關顧他們？」可是，我說，應把問題倒過來問：「他們需要我們為他們做些甚麼？他們需要怎麼樣的關顧？」這看似相同的提問，但心態完全不同。前者若未能徵詢被關顧者的意見，多憑藉自己的觀察，自己作出結論；而後者則肯定以病友為本。因此，我特意邀請了兩位患有罕病的殘障朋友前來現身說法。他倆不約而同地談及「尊

重」。他們説，非常感激義工們的熱心，不過，有時「熱心過度」！也就是説，義工往往過分地照顧，把他們當作小孩子般看待，這反使他們感到不安，覺得自己一無是處。他們期望義工們要看情況，假如病友做得到的，就給他們時間，耐心地讓他們慢慢完成；若看到他們真的做不到或太危險時，幫忙一下就可以了。當然，義工反映：有時候難判斷，也就先幫忙免生危險。這真要憑經驗，以及彼此要坦誠溝通。或者我們多問一句：要不要幫忙？那就大家都好。還有的是，有些義工很多時一廂情願地認為患病朋友思想一定很灰，生活必然枯燥，家庭肯定會出現大大小小的問題⋯⋯於是便想開解他們，喋喋不休地意圖為他們排難解紛。誰知，這反增添了他們的煩惱。本來只想出來輕輕鬆鬆地玩玩，卻像接受思想教育一般。他們説：知道義工們都是想他們好，但時間、方法都不適合。

我想，這是義工的「盲點」。所以在總結時，我特意問他們：「假如關顧者需具備六個心，你們猜一猜是哪六個？」他們都是「有心」的義工，所以快便説出應具備愛心、耐心、細心、同理心和責任心。那還欠哪一個心呢？他們一臉迷茫，都沉默了。

我説：最後一個心是「謙卑的心」。這會讓關顧者

掃除「盲點」。事實上，義工很容易會不知不覺滋長出一種「強者」心態。這也難怪，因為面前的被照顧者的確是連拿一杯水也潑瀉，寫一個字也不能，體能上強弱懸殊自不待言。義工為保安全，經常會說：不要動，我來幫你！所以，義工是一名慣性「強者」。

到底甚麼是謙卑的心呢？聖經這樣說：「只要存心謙卑，各人看別人比自己強。」（腓立比書 2：3）。這樣，當我們與罕病殘障朋友相處，不會只想到他們很慘，很無助，倒看到他們堅忍無比的生命力，他們克服困難的種種智慧，甚至「身體軟弱，心靈強壯」！若我們時刻警醒自己要有謙卑的心，在關顧別人時，不管語氣，行動，都必然能以平等的心態處之，這樣便更懂得尊重別人了。

# 這個世界不太冷

　　有一位朋友患上了家族性的遺傳疾病小腦萎縮症，他正值壯年，在人生最輝煌的時刻，遽然病發，走路不穩，手眼不協調，說話不清，眼有重影，並因此失去了他當社工的專業工作，終日要坐在輪椅上。可是，這位朋友，阿 Ben，失去了健康，卻沒有失去意志，更沒有失去信心，他以他的有限，創造了無限，最近出版了一本攝影集。

　　他在序言中以吃苦瓜喻意品嚐生命中的另類美味，幽默而富哲理。在書後他寫下對家人、朋友的感謝。他說：「一切在生命中曾攙扶過我的人，謝謝您們。在我生命中經常會出現大大小小的天使，如看更的嬸嬸，飯店的侍應，許多不知名的善心路人，復康巴的車長……雖然只是一下舉手之勞，便免卻我們生活中不少的掣肘，令我感受到人間有情。這個世界不太冷。」

　　敏銳的心靈，讓阿 Ben 體會人與人之間的情誼，感悟大自然的美，驚歎造物主的創造奇工，他以「感恩！

讚美！」作為結集的命名，甚有意思。當中分享了兩首他心愛的歌〈足印〉、〈晴天，雨天〉，道出了他喜樂平安的泉源。

照片也許不是甚麼攝影沙龍之作，但請聽他說：「在攝影的過程中，我常忘掉自身的限制和不足。」我們試想想一位手部顫震、連轉動身軀也不很順暢的朋友，怎樣冒着一不留神便滑掉攝影機的危險，把觸動他心靈的景象一張一張拍攝下來。憑着這份勇氣和堅持，照片已添加了不一樣的份量；攝影集，更呈現出不一樣的生命力！

附：阿 Ben 2019 年再次出版攝影集《活着有祢，真好》，本人替他寫的序言。

# 感恩，全因有祢！

## (2019-2020 蕭輝章阿Ben 攝影集
《活着有祢，真好》序言）

　　欣喜阿 Ben 第二本攝影集出版了。他的第一本攝影集命名為「感恩！讚美！」而這一本呢，他命名為「活着有祢，真好！」兩本書的意念一脈相承，總結起來，就是：感恩，全因有祢！

　　認識阿 Ben 已經七年多了，在這七年來，他的身體當然日漸轉差，但他對生活的信心一點沒有改變。這與他的信仰有關。在他處於沮喪無助的當兒，他感受到天父一直在他身旁。在這本攝影集裏面，他坦言：「別人因為我說話不流利不清晰，聽不到，大多走開了，我感到無助、痛苦。但是感謝主，祢願意聆聽我、愛我。我雖然無奈，但我對祢很有信心。」

　　基督信仰使阿 Ben 充滿力量活下去，並且他認為：「有能力幫助人是一種幸福；生命真正的意義是奉獻自己，救活他人。」每一個人在神眼中都是寶貴的，即使

患病的他，他願意以他的身體、器官用來幫助醫生研究。這種能為他人設想的寬懷之心令我肅然起敬。

他說：「我每天的首要任務是讓自己開心。」他明白一個病人終日愁眉苦臉會令身旁的人感到很大壓力。他說他患病之後非常重視人與人之間的溝通。我看，他的所謂溝通，並非指語言的溝通，而是指心靈的溝通——多了解別人的內心，不要一天到晚只想着自己。

阿 Ben，多謝您，您提醒我們要謙卑下來，不要把自己看得太重要，倒要先為別人設想，體諒別人的難處，了解別人的需要。你敏銳的心靈捕捉了大自然的美，彰顯着神創造奇功。讓我們深切地明白，我們必須時刻感恩，並將神的愛揚傳開去，就如在協會基督團契「喜樂互助小組」中，一位會友為大家挑選的詩歌〈以愛還愛〉。

讓我們一起細看你的攝影大作，一面回味你在當中愉悅的體會。感恩——全因有祢！

# 鏡頭凝聚了美

　　初春時節，總想分享一些開心的事情。上月香港小腦萎縮症協會舉辦了一場攝影展，我有幸參與其中，誠一美事。這是一個不一樣的攝影展，名為「傷健同行攝影展」，顧名思義，當中展出了殘障人士和健全人士的作品。說清楚一點，是小腦萎縮症朋友跟攝影導師們一起展出攝影作品。

　　小腦萎縮症朋友拍攝？可是真的嗎？他們的手顫動，手眼不協調，怎麼拿起照相機來拍照呢？不都是「鬆、郁、矇」嗎？可是，他們還是想透過攝影藝術來表達他們的所見所思所感。毅力，固然值得讚賞，但拍出有水準的作品，更令人驚訝！當中的照片許多都是獨具慧眼的，就如一位參觀者的感言：「取景、角度和意念都很特別，沒想到病友們坐在輪上仍能拍出那麼好的照片。」病友們身殘心不殘，他們的慧心慧眼，為自己創造了奇蹟。

　　今次的攝影展也不是隨隨便便搞出來的，參展者都

「傷健同行攝影展」開幕禮

與 SCAA 主席（中）及曠野帳棚總監（右）合照

參加了該協會於 2017 年舉辦的「一刹那・攝影班」。他們自 2017 年 6 月開始，先有一節理論課，然後再有三次實習課，包括室內實物拍攝，戶外景物拍攝及戶外人物拍攝。

誰為他們作指導？原來協會得到一專門推廣藝術文

義工細心掛起參展攝影作品

參觀者欣賞攝影作品

化的機構「曠野帳棚」協助，義務承擔邀請攝影師襄助，並且更為病友徵集照相機。為甚麼要為殘障朋友辦攝影班呢？從「曠野帳棚」的總監林慧英女士在攝影展開幕禮中的發言可見端倪：「在弱肉強食的世界中，病友是屬於弱勢的，但弱勢的人並不卑微。聖經哥林多後書四章 16 節中說：『我們不喪膽，外體雖然毀壞、內心卻一天新似一天。』病患，的確會障礙我們的活動能力，然而，卻障礙不到我們對生命的盼望，不能阻隔友誼和社交，更不能否定我們與人分享的願望。一個完整的社會，理應包括強勢人弱勢人，而今次傷健同行攝影展覽正好向社會展示強、弱、傷、健的群體，是可以同行，而在同行時，就產生別一樣的意義。」難怪主禮嘉賓劉國光醫生由衷地說：「很有意思，真的很有意思！」

這攝影展，可以說：鏡頭，凝聚了美；愛，令世界變得更美。

# 老人與狗

　　朋友在群組通訊中傳來一個故事，故事主角是一個老人和他的老狗。

　　這老人和他的老狗在一場意外中同時去世，一起朝通往天堂的路上走。途中突然一位天使出現，攔住他們說：「很抱歉，你們只能一個進去。看到前面那條林蔭大道嗎？這條路走到底就是天堂的入口，你們比賽誰先跑到，誰就可以上天堂，另一個就只好下地獄了。」

　　老人聽了，立刻對狗下命令：「阿福，留在這裏不准動！」說罷，自己便往天堂的入口前進。老狗真的聽命坐着，一動不動。天使非常焦急，彎腰對牠說：「你真傻，還呆在這裏幹嗎？快點追上去呀！」但老狗抬頭看了看天使，那單純的眼神彷彿在說：「我必須忠於主人的命令。」天使望着老人的背影搖頭嘆息，暗罵：這自私的老鬼，根本就沒資格上天堂！誰料，老人差一步就能跨進天堂的大門時，卻驀地停下腳步，回過頭來大聲喊道：「阿福，快過來！」老狗聽到主人的叫喚，高

興得跳了起來往前狂奔，一口氣跑到老人身邊，因為衝力太猛，就直衝進天堂的大門裏⋯⋯

老人呵呵笑，說：「太好了！我的阿福可以上天堂了！」天使不解地問他為甚麼要這麼做，老人說：「因為阿福非常忠心，無論我走到哪裏，牠也堅持走在我身後，唯一讓牠比我先進入天堂的方法，就是讓牠興奮起來，這樣牠才可能超前我！」天使聽了非常感動，懇求天父破例讓他們一起進入天堂。天父應允了。

故事就此完結。看官各自表述。當然，從理性角度分析，大多同意：凡事一定要觀察到最後，才能下定論，切莫急於把自己揣測的當作事實。

同時，也有另類看法，諸如：「阿福上了天堂，仍是阿福！即使天父破例把阿福和老人送上天堂。結果，阿福仍然跟着老人。直到永遠！」這看法大抵是替阿福不值——狗，上了天堂，還不過是一頭狗。

可是，有朋友回應說：「不用想太多，傻狗有傻福！老人慈，阿福忠，上主愛！」這當中表達了對上主的信心和順服的精神。而我的回應是：狗狗有這麼愛牠的主人，在地上，早已猶如在天堂！——天堂，那麼遠，這麼近！

# 留着健康幹甚麼？

最近重聽一首八十年代的田園歌謠，心境頓時澄明清靜下來。歌詞謂：

走在鄉間的小路上／暮歸的老牛是我同伴／藍天配朵夕陽在胸膛／繽紛的雲彩是晚霞的衣裳／荷把鋤頭在肩上／牧童的歌聲在蕩漾／喔喔喔他們唱／還有一支短笛隱約在吹響……

啊，意境多美，多悠閒，多寧謐，教人心醉！特別在這紛紛擾擾的年代，令人氣憤的事多着。而天災、人禍、疾病隨時襲來，教你不知如何是好！

所以，事事無須認真，看得開，放得下，得快活時且快活，莫喜莫悲，便可以活得安穩、自在、幸福。凡事莫理，像個旁觀者，世外高人，就最能保命。若有閒情閒錢，遊山玩水，更好！

現已屆退休年齡，朋友相聚總互談健康之道，如何吃喝玩樂，為求開心延壽，不無道理。可是，最近跟一位

師母傾談，大家不約而同地正思考着：留着健康幹甚麼？

我們這把年紀，不去休息，還有夢想，旁人一定大惑不解，甚至訕笑。對於繼續忘我地努力，更不以為然，認為太辛苦了，何必呢？不如多花時間照顧自己，身體健康要緊。這勸勉是好意的。我和師母卻反問：人生是為了長命千歲嗎？只為享受藍天白雲，日出日落？假如為了做點有意思的事情，折壽又如何？當然，死不去，弄至生病呢，那就要有心理準備：這是代價。我們的結論是：健康，當然要注意，但它不是生命的全部。

聖經裏主耶穌說：「我來了，是要叫羊得生命，並且得的更豐盛。」生命的歷程，顯然很精彩。那麼，留着健康幹甚麼？以基督徒來說，非常簡單：以基督的心為心，奉行主旨意完成主使命，榮神益人。儘管要我們走出舒適圈，離開安全網，但仍安然交託前行，輕省上路，如此而已。

「知我者謂我心憂，不知我者謂我何求。」瞭解我們的人，明白我們心中思慮；不瞭解我們的人，還以為我們想得到些甚麼。然而，「知我者」、「不知我者」外，還有另類「深知我者」。深知我者，不但理解我的追求，並且給予扶持，為我感恩，勉我前行。

走在鄉間的小路上，需要的，是生命的潤滑劑，但它不是生命的全部。

嘉言懿行　｜　躍動思潮

# 誰説懺悔不重要

在《阡陌文藝雙月刊》中，看到羅菁〈中國人有懺悔意識嗎？——剖析中國當代文革小説〉一文，感慨良多。

懺悔，不單是承認錯誤或罪過，並為此深感懊悔、歉疚，祈求得到寬恕。所以，懺悔，不單面向自己，也面向別人，更面向神。

文中選了高行健〈一個人的聖經〉和梁曉聲〈一個紅衛兵的自白〉作論析。結論是：「兩者都揭露了傷口，前者不斷喊痛，後者則思苦憶甜……兩書固然沒有向上帝懺悔，就連橫向對人，對社會的懺悔也沒有；原諒自己的理由倒是很多。」文中更引述了文學評論者許子東的説法，他以文革為題的五十篇小説作研究，結果發現：不管男女主人公反省自己在文革中的錯誤如何大，但都拒絕懺悔。

不錯，人總可以找十萬個理由，為自己的錯誤行為辯解。即使有錯，盡是人家的錯、時勢的錯、過分正義的錯、過分浪漫的錯、基因的錯！總的來說，不是我本

身的錯，一切都身不由己！

我想到日本一直不肯為侵華事件認錯，其根本思想也在此。對日本人而言，效忠天皇有錯嗎？愛國何罪？況且，假如不是你羸弱不振，人家怎會「進入」你國家？這世界根本沒有所謂誰侵略誰，就只怪你沒有自保自衛能力。物競天擇，適者生存，是大自然的真理。推動「大東亞共榮圈」，更可稱許為具雄才偉略，何錯之有？那麼，日本人怎會認錯，更遑論懺悔了！

誰會問，即使是時勢使然，但何以會不辨是非，不分善惡，作出錯誤的抉擇呢？這就直指我們的本性良知來詰問。從宗教的角度來說，是問及「原罪」的問題，也涉及了人的局限性。那就不由得我們不懺悔了！

羅菁在文末謂：「且看尼采所屬的德國，國民在後納粹時代，對其戰爭鉅細的罪行，雖經掙扎與否認的過程，但懺悔的主調最終落實為國家反法西斯憲法，他們在新世紀也得以浴火重生，在國際舞台上站立為人，誰說懺悔不重要呢？」

看到最後一句：誰說懺悔不重要呢？——不知怎的，我落下淚來。

# 理查三世

近期看了莎士比亞名劇《理查三世》，內容述說十五世紀英格蘭宮廷悲劇。莎翁把一代暴君理查三世的內心世界徹底剖開……

場刊裏故事簡介這樣說：「理查很醜陋。他是早產兒，是畸形陋相、步履蹣跚的駝背瘸子。」由於形相醜陋，使他備受冷落，這屈辱使他很自卑，他在劇中一句台詞：「天生一副畸形陋相，不適於調情弄愛。」他如一般年輕人渴想愛情，但他認為自己連談戀愛的條件也沒有。在亨利五世暴斃後引發的戰爭中，兄長愛德華藉他策劃連串刺殺行動，結果能登基成為愛德華四世。

然而理查的野心是自己做皇帝。他感到命運不眷顧他，那他就要控制命運，以對抗這荒謬的世界。因此，他「打定主意以歹徒自許，專事仇視眼前的閒情逸致」。他要做一個徹頭徹尾的壞人，不擇手段地滿足自己的權力慾。他設計陷害繼位的哥哥愛德華四世，又殺害侄子愛德華五世，他濫殺無辜，以掃清所有妨害他成

王之路的障礙。他認為他有理由為自己創造命運。

他終於「戰勝」了命運，成為理查三世！可是，正如場刊所述：「以敵人、盟友、親人的死亡為代價換來的勝利並沒有治癒他曾承受的侮辱。在清除了所有的對手，獨步於王國之巔之際，他將滿腔暴虐轉向真正的敵人——自己。」

最後一幕，理查眾叛親離，一次出戰前，他夢見所有被他殺害的人的幽靈。眾口一詞指罵他：「要看你絕望而死！」當中曾經幫助理查登基的功臣白金漢公爵的幽靈，更憤怒地手持利劍刺向他說：「我助你登上王位，你竟以罪名將我斬決！受死吧……理查！我希望你攜着悔恨、愧疚到地獄接受神的審判……」理查驚醒過來呼求耶穌幫助，他感到孤獨的蒼涼。「天下無人愛憐我了，我即使死去，也沒有一個人會來同情我。當然，我自己也找不出一點值得我自己憐惜的東西！何況旁人呢？」他後悔自己犯下的罪惡，他甚至憎恨自己。

當然，莎翁只着重刻劃他的暴戾醜惡，而事實上理查三世在英國歷史上一直頗具爭議。他雖是暴君，但他在位僅兩年卻展現出非凡的政治才華，例如建立了一套完善的法律援助體系和保釋制度，解除對出版印刷行業的限制。換言之，以他的才華，當可造福眾生。

嫉妒和怨恨讓他走上以殺戮來換取權勢之路，這似是逼不得已，也許可歸咎於社會的涼薄冷酷。難怪導演說：「理查隨劇情的發展愈益寂寞，當你在節目的尾聲看到蜷伏於被子中的他，你甚至可能會對他心生憐憫。」然而也不能否認：他自慚形穢，徒以為權勢名位可以震懾別人，是錯誤的判斷。最終，良知醒悟，讓他明白：縱使得到全世界，又如何？

# 戰火中的琴音

有人認為音樂是最能撫慰受傷心靈的良藥。在烽煙四起的敘利亞，就有一位鋼琴家希望透過音樂撫慰戰爭中人民的心靈。他曾被叛軍威脅「再彈就砍掉手指」，但仍不放棄，令人動容。

自 2011 年開始，敘利亞持續內戰，首都大馬士革民眾每天面臨着死亡與飢餓的威脅。2013 年戰火波及雅爾矛克，居住其中的 26 歲的鋼琴家艾哈邁德卻堅持在炮火連天中為難民們彈奏鋼琴，他每天把鋼琴用鐵架推出街頭彈奏，彈出輕快的樂曲與爵士樂，帶給人民心靈上的慰藉。除了演奏鋼琴外，還為當地兒童組成合唱團。他說：「現實不會被鋼琴改變，但彈琴時我感受到自己和孩童的內心在改變。縱使情況很差，但我們仍需要一點希望和愛。」

其實他確信即使在最惡劣的情況下，如戰爭，音樂仍能動人，這緣於他曾在 2007 年看過電影《鋼琴家》。這電影描寫二戰時一位年輕波蘭猶太鋼琴家斯茲皮爾曼

倖存的經歷，是由他的紀實回憶錄改編而成的。

當年斯茲皮爾曼被譽為波蘭最年輕的鋼琴家之一，1939 年德國入侵波蘭，身為猶太人，斯茲皮爾曼的生命受到嚴重威脅。他的父母和親戚相繼被送到集中營。他被迫開始逃亡，在朋友的幫助下四處躲藏，死亡隨時降臨。一直到一位熱愛音樂的德國軍官得知他原來是一名鋼琴家，帶他到密室隱藏，並請他演奏一曲。結果，這名德國軍官竟被眼前的猶太青年所彈奏的蕭邦小夜曲所感動，決定冒着生命危險來保護這位年輕音樂家。在他的庇護下，斯茲皮爾曼苦撐到二戰結束。音樂，在這戰亂中，譜出了人間愛的曲調。

萬料不到，艾哈邁德會同樣在戰火中演奏鋼琴。可是，命運弄人，在 2015 年 4 月極端組織伊斯蘭國進攻雅爾矛克，搶去他的鋼琴，並在他生日那天一把火把鋼琴燒成灰燼……他無可選擇，唯有逃亡。他冒險經土耳其，到了希臘，再轉經克羅地亞，最後，逃到德國。雖然自己逃出生天，但他仍念念不忘故國的困苦者。他仍堅持說：「希望可以在最著名的樂團演奏，周遊列國為雅爾矛克困苦者和其他敍利亞平民訴説痛苦。」

音樂，竟能讓人如此堅持愛與希望。我不禁細細地靜靜地聽着蕭邦的小夜曲……

# 勝而不勝

　　據說，晚清時期與曾國藩、李鴻章、張之洞並稱為「四大名臣」的左宗棠很喜歡下圍棋，而且是箇中高手，所向無敵。有一次他出師前，微服出巡，看見有一茅舍橫樑上掛着匾額「天下第一棋手」，左宗棠不服，入內與茅舍主人連弈三盤。主人三盤皆輸，左宗棠悻悻然：「此匾額要卸下了！」說罷自信地大踏步離開了。

　　沒多久，左宗棠班師回朝，不久重經茅舍，赫然仍見「天下第一棋手」匾額仍未拆下。於是入內與主人再下三盤。誰知，三盤皆輸！左宗棠大惑不解。茅舍主人悠然回應：「左大人，上回，你有任務在身，要率兵打仗，我不能挫你的銳氣。如今，你已得勝歸來，我當然全力以赴，當仁不讓！」

　　難怪有人說：世間真正的高手，是能勝而不一定要勝，有讓人的胸襟；能贏，而不一定要贏，有善體人意的心懷。所以說聰明不一定有智慧，但是智慧一定包括聰明。聰明的人常常自鳴得意，為要顯出自己勝人一

籌，往往得失心重；有智慧的人則勇於捨得。所以，真正的「耳聰」是能聽到心聲，真正的「目明」是能透視心靈。

難怪有人說：看到，不等於看見；看見，不等於看清；看清，不等於看懂；看懂，不等於看透；看透，不等於看開。

此等寶貴珍言令我回味千遍。要忘卻得失、忘卻毀譽，要有多自信，信念要多堅定？特別面對生死關頭——倘遇上橫蠻無理者，一見你還掛着「天下第一棋手」匾額，便勃然大怒立刻把你的頭顱砍下來，你認為還會有機會說「上回，你有任務在身，要率兵打仗，我不能挫你的銳氣」嗎？

我回念這段軼事，忽然很羨慕那個還不至於橫蠻無理的年代，人與人之間還不至於怯於強權而卑屈，美善的信念不至於成為幼稚的代名詞。

# 縈迴腦海的演詞

剛參加了一個慈善拍賣晚會，該晚會是為香港小腦萎縮症協會籌募研究經費。當晚不但有拍賣環節，而且請來太極樂隊主音歌手唱歌，又請來舞蹈團表演，還有吉祥物愛心不倒翁遊走全場，恍如一個綜藝晚會，十分精彩。

晚會結束了，離開熱鬧的會場，縈迴我腦海的竟是當中一位嘉賓的演詞。這位嘉賓是香港中文大學生命科學學院的陳浩然教授，他十七年來孜孜不倦地研究如何治療小腦萎縮這罕有家族遺傳病。

他回顧這條漫長的看不到盡頭的科研路，他說十分感謝當年還是他女朋友的太太，當她知道他的研究經費緊絀便到處奔跑，為找尋哪裏有最便宜的棉花、最便宜的酵母、最便宜的粟米粉。因為陳教授用果蠅做研究，棉花是買來塞着盛載果蠅試管的瓶口，酵母和粟米粉是製作果蠅食物的材料。當時我聽着覺得很搞笑，棉花、粟米粉值多少錢呀，犯着要花那麼多時間張羅？後靜心

一想，連這小錢也要慳着用，可想而知當時的困境，就心裏一酸。啊，要長期征戰，不是一年兩年，可能是十年八載，甚或更長，那就只好「慳得一蚊得一蚊」。我好像看到陳教授一放學就趕着駕車到大角嘴買棉花，到九龍城買酵母，到尖沙咀重慶大廈買粟米粉，然後又趕着回大學做研究，心中有點兒激動。

後來跟他閒聊，他笑說當年經常買大量酵母，老闆以為他買來發酵麵粉製作糕點，笑說：「你的酒樓生意真不錯。」令陳教授啼笑皆非。另一難忘事是重慶大廈那印度店舖的粟米粉突然斷市，他要到其他地方買，嘩，價錢貴十倍！他實在很難支撐下去，幸好那小店後來回復供貨，他才如釋重負。除了經濟外，人手也是一個問題。他曾對我說，沒有研究生願意選擇跟他做這項研究，當他游說他們同行時，內心也有一點掙扎，像是「推他們落鹹水海」。

一步一艱辛，眼前值得研究的甚多，而小腦萎縮人數那麼少，數據不足難以達致研究成果，申請研究經費也難，為甚麼要為這少數中的少數窮畢生精力去研究呢？他真傻。

前陣子大眾傳媒香港 730 訪問過這位傻教授。他說：「『病友無放棄，我也不放棄研究』。小腦萎縮症現

香港中文大學生命科學學院陳浩然教授

時還是不治之症，不幸遺傳了，下一代的病發年齡比上一代年輕，病情惡化的速度比上一代快，很可怕。『我可以選擇不研究，但病友沒得選擇不患這個病。』」這種惻隱之心，懷抱基督大愛之心，讓他甘願承擔一切，十多年來忘掉世俗的價值觀，不理會旁人的嘲諷。

　　拍賣會後，這幾天在我腦海縈迴的是陳教授的演詞；當我閉上眼睛，好像看到他和太太合力把重甸甸的粟米粉一包一包抬上車⋯⋯

# 傳承

今年（2019年）適逢五四運動一百周年，在香港這小島上，遙望昔日北京大學的學生，好像這麼遠，又那麼近。

百年前，1919年，第一次世界大戰結束後舉行巴黎和會，列強竟將戰敗國德國在山東的權益轉讓給日本。當時北洋政府未能捍衛國家權益，於是北京大學學生義憤填膺，示威遊行，動員全國罷課罷市，以表達不滿，結果為國家爭回完整領土。其後並由此推展出新文化運動，倡議白話文，推崇德先生（Democracy）和賽先生（Science）。

五年後，1924年，中共中央委員長陳獨秀和秘書毛澤東聯名發出通告，第一次要求各地的黨團體組織展開「五四」紀念活動，強調恢復國權運動、新文化運動。1939年中央青委決定每年五月四日定為中國青年節。1949年後「五四」成為中國大陸的固定節日，把五四運動闡述為：愛國，進步，科學，民主。表揚學生和青

年的愛國精神、為真理和正義而戰的精神、不畏強暴和黑暗政治的精神，這是值得任何時代的青年和學生學習的。

然而，三十年前，1989 年的「五四」，卻衍生出「六四」事件來。

我慶幸五四運動發生在百年前，否則，若發生在今天，可能會被闡述為：五四學生「煽惑」全體中學生罷課，「鼓動」全城市民罷工罷市，只為個人理想，打出「外爭國權，內懲國賊」的口號，不惜上街遊行，示威抗議，冀能達致「違法達義」的目的。

台灣思想家，威斯康辛大學林毓生教授認為「五四精神」是一種中國知識分子特有的入世使命感。這種使命感承襲儒家「先天下之憂而憂，後天下之樂而樂」與「家事、國事、天下事、事事關心」的精神。這種使命感使中國知識分子認為真理本身應該指導政治、社會、文化與道德的發展。其最高境界乃孔子「知其不可為而為」的悲劇精神。

百年過後，德先生一抬頭，就被壓下來；賽先生呢，除技術了得，似乎還缺少精神靈魂。看來，「五四精神」還待傳承……

# 聆聽咳嗽

最近聽牧師講道，題目為：愛，聆聽。

我們每天一定聽到不少聲音，可是，只聽到聲音，不算是「聆聽」。牧師舉了一個例子：他說剛在早上崇拜講道時，前排有一人在坐席中咳嗽好幾回，這聲音，全部會眾都聽得到。咳嗽，是聲音，坐在周遭的人可以恍若聽而不聞：咳嗽嘛，尋常事！又或許自己拿出口罩來，以防受傳染；也許有默默禱告，希望他喉嚨舒服一點的。而牧師看到他身旁一位應是彼此不相識的人遞給他水，問他：要點水嗎？他喝了水，好了些，但待一會兒又再咳，那旁邊的人遞來喉糖，說：吃嗎？牧師說：這就是「聆聽」，聽到聲音背後的含意和別人的需要，並盡力地真心誠意地回應，這才是「真聽到」。

聆聽，還需要耐性和時間。偶爾翻看自己一篇舊作，輯錄於雅典文庫《七弦》。雖寫於二十年前，此刻依然深有同感。篇名〈聽聽她說話〉，說的是一名學生因為害怕母親，每天寧願流連學校遲遲不願回家。於是

我約見這名學生家長，文中如此記述：「這位家長一看見我，還沒坐下便開腔了。『孩子長大了，就不再喜歡跟我說話……』接着她向我解釋自己如何教養孩子、如何細心、如何善導、如何好言相勸。她滔滔滔不絕說了差不多二十分鐘。待我有機會提出不同的見解時，她又立刻用自己的理由、自己的處境去反駁，替自己申辯。我心想：『你根本沒把別人的話聽進心裏！』待她真的把話說完後，我坦白地告訴她我的感受。她很驚愕地望着我，她說她不知道自己說話既快且急，又不容別人打岔。我告訴她：『妳的女兒心裏有很多話，也着實想跟妳說，妳願意給她一點時間，聽聽她說話嗎？』」

聆聽，也需要謙卑。謙卑地聆聽別人的觀點、理據和難處，才不會自以為是。剛愎自用，不聽，或沒有聽懂，或聽後完全不理會，便容易陷溺於以我為尊，獨斷獨行。這將造成人際的僵局，對方或沉默或對抗——終有一天，離開。

台灣女作家龍應台最近出版了一本新書，定名《傾聽》，她接受 BBC 中文網專訪時說：「兩岸三地的人如果都能放下既有成見，相互『傾聽』，就是最好的功課。」此刻，不管人與人之間，甚或政府與人民之間，政府與政府之間，都需要真正的聆聽。

當然，牧師最後提醒我們，世事難解，紛亂時，謹記聆聽神的話語！

# 午夜夢迴

　　一位大學同窗早年退下教育崗位，辭掉副校長一職，在人生的後半場，發揮她另類的教育抱負，到落後地區培育教師人才、協助興學辦學。最近，更有創舉，應允到內地山區當起一間孤兒院的院長。

　　這真不是一項容易承擔的工作，誰也知道內地的工作條件不太好，而且有特殊的國情，生活和處事習慣很不相同。幸好這位同窗經常整個地球到處跑，五湖四海，無遠弗屆，體力、魄力，足以應付不同的境遇。

　　她上任孤兒院不到一星期，一天，忽傳來 WhatsApp：「來了不夠一周，卻未想過生活如此充實。除了因新到職而要快速處理好行政及人事管理，以穩定工作團隊外，還接觸了昔日鮮為接觸的不一樣的孩子……目前院內住宿了各類型孩子，除了健康的，還有殘疾的，包括腦癱的、心臟病的、深度弱視的、聾啞的、弱智的、過度活躍的孩子。」她細心觀察，發覺「有些孩子表面看上去沒有甚麼異樣，但內心卻是刻上飽受創傷的烙印。來自不

同的背景及經歷，幼小心靈早已蒙上難忘的陰影，所以會做出異樣的行為，易怒易哭易鬧易撒嬌易撒謊……」。因此，她明白到「照顧各孩子的方法各異，管理運作就不能像在常規學校一樣採取比較單一的管理方法了」。

面對不一樣的孩子，該如何是好呢？這位新任院長的決定是：「慶幸孩子本質善良，絕大部分很乖、聽話，我相信一道教條：愛心能征服孩子，讓孩子知道大人都是愛護他們、尊重他們。我們管理要做好，但訂立好清晰規章制度以順暢管理外，亦要從心出發，建立孩子正確的人生觀、價值觀。透過動之以情的教育法，建立互信文化、互助文化、多贏文化。」

她還體會到孩子心靈的需要：「兒童院不是單純遮風蔽雨、三餐溫飽的房舍，還是分享喜樂、攜手解難的地方。孕育成就擁有不同潛質的每一個人，建立真正的兒童之家，也是我們的家。讓各人有家的感覺，應該是我到這裏服務的基本使命，也是兒童院的使命了。」

這 WhatsApp 是她在天剛亮的時候發出的，說是「午夜夢迴」的凝想。午夜夢迴，能有這麼深刻的省悟，自是有心人。我曾經對她說：「這是孩子的福氣。」她回應說：「也許是我的福氣。」——我想，互愛互重，同走一程，肯定是上天賜予彼此的福氣！

# 安息調子

安息主懷。如果有人此時此刻要演奏一曲，相信是憂傷的調子吧。

然而一位年輕人，她竟然說：安息禮可否有不同的調子？於是她用她最擅長的方法——繪畫，來表達這意念。

一個名為「安息調子」的畫展就這樣誕生了。說清楚一點，應該是插畫展。畫家在每一張插畫旁邊，附上一小段文字。十四幅插畫連貫成一個完整的故事。故事的主角是一片枯葉，名叫木子。

故事開始了：第一張插畫旁邊的文字這麼說：「今天的黃昏來得特別早，誰也沒想到，一陣不經意的涼風會把木子從樹上帶走⋯⋯這一天，木子離開了。」木子，一片年輕的枯葉，她「還沒有結婚⋯⋯」就離世了。故事繼續發展，木子死後，「飄上樹頂，飄過大海，飄到自己的告別禮場地。」告別禮明早舉行，木子望着空空的禮堂，她想像到明天晚上看到的將全是黑色的衣服、白色的玫瑰。她不喜歡這調子。「那天晚上，木子

「安息調子」畫展中的第七幅插畫

走到枯葉們的夢中，請他們明天穿一件自己喜愛的衣裳來，不用全黑不用素白⋯⋯」

安息調子，可以快樂一點嗎？──這正是畫展的主題。

翌日，「一班枯葉戀居居，不知在告別禮作甚麼才好，忽然傳來結他的聲音，音樂把大家帶到過去。」這已進入第七張插畫了，啊，彈結他的年輕歲月！大家開始回想昔日跟木子一起的點點滴滴。木子的暗戀對象花子「想起和木子一起敷 Mask 的一個晚上」。「好友楓子記得，中學畢業那天，同學們在木子的白色恤衫上留下臨別贈言。」大家都懷念木子。「此刻，楓子走到木子的棺

木前，靜默了好一會。楓子提議，不如就在今天，把還未跟木子說的話，好好說個夠。楓子拿起筆，在棺木上寫字。」於是，親朋也慢慢靠近棺木，拿起筆留下最後的話。故事發展到這裏，插畫上寫滿了親朋對木子的真情話，令人感到靈堂一片溫馨。

安息禮結束了，日子一天一天地過去，涼風之下，木子暗戀過的花子結婚了。木子的好友楓子在清風的引領下到處流浪，在異地裏遇上昔日被她取笑的樹葉……

故事就此打住，一片平寧的調子。

這位畫家李心悅是一位年輕導演，2012 年憑着「忘語花」獲得鮮浪潮最佳電影。她的作品，曾入選波蘭第 7 屆五味電影節、意大利烏甸尼第 15 屆遠東電影節、英國第 5 屆泛亞電影節。她說希望她的作品能帶給人溫暖。心悅，「安息調子」這畫展，妳做到了。

# 我正在改變

　　在手機群組裏，朋友傳來一段短文，謂：有位朋友過了 68 歲，我問他有何改變？以下是他的回文：

　　喔！有的，我正在改變。

　　以前我愛父母，手足，配偶，孩子，朋友，但現在我已開始愛我自己。

　　是啊！我正在改變。

　　我不再跟賣菜和賣水果的小販討價還價。多付幾塊錢對我沒甚麼影響，但有可能幫這個窮人存下他女兒的學費。

　　是的，我開始在改變。

　　我遠離那些看不起我的人，畢竟他們不知道我的價值，但我卻清楚。

　　看到這裏，大抵已無須再看下去，必然是那些看破世情、自得其樂之類的養生之道，老生常談之言。

我的回應是：如果 18 歲有這醒覺，他的人生將更豐盛！只是，當中有兩項，我想，我到 98 歲也難以改變……

其一：不再糾正人們，即使是他們的錯。能讓事情和平完美更值得珍惜。

其二：不要為堅持己見而破壞了關係。畢竟，自我會讓我孤身一人，而良好的人際關係讓我永不孤單。

待了一陣子，我繼續回應：正如周星馳所說，一個沒有理想的人就與鹹魚沒有分別。聖經教導我們：行公義，好憐憫，存謙卑的心。秉持公義並非咄咄逼人，也決非自以為是、得理不饒人，而且謹記謙卑地聆聽別人的觀點。目的是憐憫受苦者，讓正義彰顯，也就是彰顯主名。我且說：我不懼怕破壞關係，也不懼怕孤單，因為……有主同行。

在納粹德軍大屠殺事件中，一位猶太人倖存者說：冷漠永遠是敵人的最佳朋友。這是死了六百萬人換來的警世之言。當納粹黨開始迫害猶太人時，很多德國基督教會保持沉默，這等同默許這邪惡行為。即使他們認為猶太人拒絕承認耶穌是彌賽亞，以至害死耶穌，但這也由不得人去審判。他們的冷漠，讓眼前血流成河……

# 留有餘地

日前中文大學舉行畢業典禮，中大校長寄語學生凡事「話到口中留半句，理從是處讓三分」，真可說是肺腑之言。恐校長是看到近年學生動輒大聲疾呼，經常劍拔弩張，窮追猛打，凡事必然要鬥個你死我活似的。這難免予人理性不足、激情過度的感覺，故特向年輕人提出忠告。

說話留有餘地，這是飽經歷煉者的智慧之言。最基本的層次是避免衝突，「今日留一線，他朝好相見」；其次是以退為進，先讓一小步，再俟機跨前一大步，這當中帶點點謀略；最高境界是沒有挑起對方的怒火，讓對方有反思自省的機會，更進一步設法令他接納你的理據，最終同意你的看法——這過程漫長漫長！

以上是從正面的角度去思考說話留有餘地的原因。可是，人們往往以更「高超」的智慧而「善用」之。大抵變成彼此客客氣氣的，有話不敢坦言，和和諧諧的，把事情按在上位掌權者的意旨行，就萬事大吉了。

眾人為求自保，誰敢理直氣壯發言，更遑論挑戰權威。若因直言而引起紛爭，必然群起而攻之，認為你不識抬舉，少不更事！這樣則「話到口中留半句，理從是處讓三分」成了偽善者生存之道的護身符。嚴格來說，他們是：「話到口中留泰半，理從是處讓九分」。過，猶不及。

以常態而言，教導學生說話留有餘地，這原是針對那些「得理不饒人」、「咄咄逼人」的驕恣心態而說的。寬厚待人，兼懷德恕之心，本該是人與人之間基本的相處之道。然而假若當今之世並非常態，虎狼之爪到處狂伸，牢獄之繩隨時鞭及，則年輕人義憤填膺，奮起反抗，自當諒解。

逼上梁山，從來是一段悲涼的歷史。鑑古知今，為政者且細思。

# 不管怎樣

這一年送舊迎新，心情有點不一樣。有一點點惆悵，一絲絲愁緒，縈縈迴迴纏纏繞繞，才下眉頭，卻上心頭。社會回復了原貌，一切如常，但骨子裏卻好像墊了一層冰，幽幽地冒着寒氣。

年輕人發起的一場社會運動，雖或在策略上未如人意，但畢竟是勇於承擔，肯為理想發聲。難怪一位朋友說：我一直堅信「絕望」的相反詞不是「希望」，而是「年輕人」。

如何教導年輕人面對困惑時，不致沮喪，仍保持堅實的意志力，我想起德蘭修女寫在加爾各答兒童之家希舒‧巴滿牆上的標示：

人們不講道理、思想謬誤、自我中心──不管怎樣，總得愛他們；

如果你做善事，人會說你自私自利、別有用心──不管怎樣，總得要做善事；

如果你有成就，身邊必引來虛假的朋友和真正的
　　敵人——不管怎樣，總得要成功；
你所做的善事明天就被遺忘——不管怎樣，總得
　　要做善事；
誠實和坦率使你易受攻擊——不管怎樣，總得要
　　誠實和坦率；
你耗費數年所建設的可能毀於一旦——不管怎
　　樣，總得要建設；
人們確實需要幫助，然而你若幫助他們卻可能遭
　　到攻擊——不管怎樣，總得要幫助；
偉人的偉大想法，也可以被小人以低劣的手法貶
　　低——不管怎樣，總要有偉大的想法；
將你所擁有最好的東西獻給世界，你可能會被踢
　　掉牙齒——不管怎樣，總得要將你所擁有最好
　　的東西獻給世界。

德蘭修女認為：「說到底，它是你和上帝之間的
事，而決不是你和他人之間的事。」這句話是她在世上
生活的動力和寫照。

聖經〈傳道書〉也坦言：天下萬務都有定時……爭
戰有時，和好有時……快跑的未必能贏，力戰的未必得

勝……一個罪人，能敗壞許多善事。但最終：人所做的事，連一切隱藏的事，無論是善是惡，神都必審問！

　　新的一年，但願我們不管面對甚麼，都坦然無懼，釋然於懷。前行。因為愛，所以不懼怕；因為知道最終父神掌管這世界，所以安然。

痛有多深 ｜ 愛有多深

# 給年輕人一個機會

近月來香港滿城風雨，既是天氣陰晴不定，也是人們內心的風雨飄搖。今年（2014 年）七一遊行期間，忽然下了幾場滂沱大雨，放眼遠望，萬人擠在一起，肩並肩，沒有喧嘩，只有雨聲……站着四小時，靜待，前行。朋友戲言，真有點兒「風蕭蕭兮易水寒」的悲壯。

人群中，不少是年輕人，不過，大抵不是十多歲的少年，多是二十到四十歲的。這群體，也算是年輕人吧。

年輕，啊，少不更事，受了別人的煽動，才會走出來——這是一些批評者的言論。批評者甚至狠狠地指罵煽動他們的人居心叵測，利用傳媒推波助瀾，把孩子推進死胡同。

先不論這指罵的對錯，就從實際情況來分析。香港最珍貴的地方是言論自由，這是香港人的核心價值，也正是現在人們恐怕失掉而拼命要維持的。按現時情況，誰也不能否認，每個人都可發言，左中右的聲音，從未休止。如果這邊廂有人「煽動」年輕人，誤導了他們，

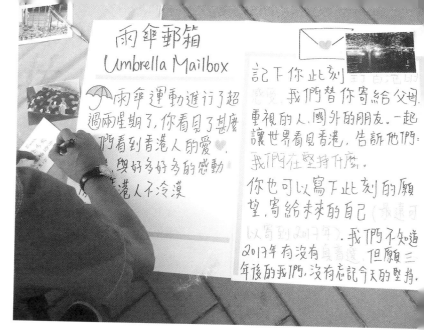

「雨傘郵箱」，攝於 2014 年 10 月金鐘路旁。

那邊廂大可來一個「反煽動」，撥亂反正。這完全可以在香港的陽光下發生。

既然大家都有發言的平等機會，那就得看年輕人的抉擇了。

不過，也有論者說，年輕人不懂判斷，「無腦」、「衝動」、「不顧後果」、「不知足」、「不懂顧全大局」……

這責難是真的嗎？也先不去論斷。我們在此刻不必激化雙方衝突，就教導孩子靜下來再三反思。我看這正正是激勵年輕人學習成長的機會。給別人罵了，要看別人罵得對不對。各方高見，重新剖析，不要徒然被口號吸引，也得看清楚各路英雄的論據和論證。這一罵，可

以罵出個好結果來。若有人真的認為自己「被煽動」了，大可掉頭就走（這也是香港可愛的地方）；而那些留下來的，將會是心志更堅定，很清晰自己做着些甚麼的一群。

當然，凡事總有正反，當各方陳明利害，有時難以抉擇。但最終還得抉擇，這也是一個學習過程。如何權衡輕重，兩害取其輕，不容易。這當中必然涉及一些價值觀。就如「犯法，不等於犯罪」，這話不能輕言，但絕對可以有不同層次的思考。

不該要求年輕人有 20 歲的熱誠，40 歲的成熟，60 的穩重。但我們可以給孩子一個成長的機會，給孩子一個發聲的機會，給孩子一個為爭取自己未來自由存活空間的機會！

# 沒砸碎一片玻璃

沒想到，一石擊起千重浪；

沒想到，千斤重擔落在年輕人的肩頭上；

沒想到，他們可以承擔那麼重！

誰也料不到，佔中運動轉化成大型群眾佔領運動。這已經不再是違法與守法之爭，而是民心的向背。奪回公民廣場，成為今次局勢的轉捩點，當時自己也不禁問：有這逼切性嗎？若「十一」才佔中，情況應該不會那麼混亂！可是，這一遭，沉默的政府依然沉默，不沉默的是胡椒噴霧和催淚彈！可這更因此激出人們的悲憤和顯出政府的不濟，一發不可收拾。真弔詭！

如何定性這場群眾運動，人言人殊。贊成者和反對者的意見如雪片飛來，各陳理據。由於反對的聲音不少，家長對子女參與這運動也憂心忡忡，年輕人要走出來，須承受不少壓力。且要面對日間暴烈的太陽，晚間秋夜的寒風，還有冷不提防偶而灑下的大雨，他們都一

一抵受了。堅決前來，堅守不散，為甚麼呢？這必然是經過深思熟慮才作出的決定，當中也必然有一些價值觀作支持的理據。這一課，他們需要思考、需要抉擇、需要抗衡、需要以行動實踐，實在沒有比這一課更需要生命的投入！

　　需要思考、需要抉擇，除了學生，還有教育工作者。一位當校長的朋友對我說，單是為了學生可否在校內佩帶黃絲帶，也翻起了波浪。有老師認為不應該批准學生佩帶黃絲帶，因為校規明言不准佩帶「飾物」。但這校長有另一看法：黃絲帶不是飾物，而是「莊嚴的訴求」！結果還學生一個自由，沒有禁止，讓他們自行決定！

　　這次運動還有一個特別的地方是：沒有領導者，而群眾大部分是年輕人！年輕人易衝動，要不亂，實在難。可是，他們就是那麼和平！雖然十多天來，間或有幾次衝突的場面，但整體而言，是平靜的。自重、自律、自制，沒有燒車、沒有搶奪、沒有砸碎一片玻璃！這種「無為而有為」的境界，竟由成千累萬一直被認為只會打機玩樂的年輕人彰顯出來，不能不說是一種震撼！倘往後有甚麼激進粗暴的場面，那我們該要思考一下，何以被迫至此。

　　朋友有感而發，傳來詩作：「向晚陰晴不可知，撥

天無力補天遲。登程一傘為君贈，雨暴風狂好自持。」
我彷彿聽見現場的呼喊聲：「噢，胡椒噴霧！誰有雨傘！擋！我們需要雨傘！快！」那聲音，那氣味，揮之不去。此刻，我拿起雨傘，竟有一份特殊的重量！

# 走進生命深處

　　撕裂，成為近日最令人痛心的字眼。看上去，好像只有血和淚。血淚，是唯一的畫面嗎？

　　在這場雨傘運動中，只要願意稍稍思考的人，無不靜下來細細反思。難怪有朋友對我說：「這段日子，是我一生中感到最貼近自己的時刻，好像經歷了一場思想爭戰。每天都在觀察、在思考；為求真求準，不停閱讀，多方聆聽，反覆思量。整個過程，使自己更明白自己的人生理念，更清楚自己的價值取向。我感到：我往自己的生命深處走了一趟！」

　　事實上，這雨傘，也帶領我們進入別人的生命深處。平日只談吃喝，旁及健康養生，旅遊玩樂的朋友，這時，面對是非判斷，輕重取捨，就各有高見。這麼嚴肅的課題，若非有雨傘一役，恐怕至死不會觸及。此刻，讓大家更清楚對方的性格，更瞭解各人的深層思想。

　　這雨傘，也可使父母子女之間，進入動人心弦的溝通。一位母親這樣説：「兒子決定罷課，與二十多位同學

送物資到現場。在十月一日那天，他和同學往政總自發做義工收集垃圾，我實在擔心不已。我想阻止他，但他聲淚俱下地陳述他的支持論據，思路清晰，論點合理，我沒有理由不答應讓他去。他出門前擁抱着我說：『十分感謝你明白和支持我！』我突然覺得：孩子忽然長大了！我當時沒有到現場支持，回心想，其實是心裏懦弱膽怯。我比我的孩子還沒有勇氣。」

一位朋友在旺角佔領區附近的天橋轉角處，看到一個場面：一名中年婦人拿着背囊焦慮地等待着。不久，一名像是剛放學的高中男生匆匆而來，那婦人該是他母親吧，只見她從背囊拿出各樣東西，有水、食物、毛巾、汗衣……叮嚀一番後，哀哀地輕拍兒子，柔聲說：「小心！」兒子放下書包，拿起背囊轉身便走──但很快就回過頭來，一臉歉意，咽聲地說：「放心！我會小心的！拜拜！」

這雨傘，讓我們有機會以誠、以愛、以理智、以感情，走近一點，走進生命深處！

這雨傘，揭開了各人的表層外衣，把裏底翻了出來，還我「本相」！在生命深處。

# 烽火連天過後

新一屆立法會選舉結束，朋友傳來信息：烽火連天過後，盼望的是止戈興仁。朋友擔心這麼多年輕戰士進入議會，理想滿天，磨刀霍霍，立法會勢必更加風起雲湧，議案可能難以寸進。

我想，這擔憂很合理。社會民生大事，還涉及一國兩制問題，非常複雜，年輕人可有能力應付？況且現時立法會好比一個戰場，年輕戰士上征場，無畏無懼，勇力可嘉，但他們有些從未有議政經驗，若思慮不周，恐成事不足，敗事有餘。

但回心一想，年輕人願意承擔責任，已經十分難得。況且君不見現時一班「老臣子」在位，作出了甚麼好事來？所以，給年輕人進入議會，不管他們是否能成熟地處事，終究有點新思維、新作風，也讓他們好好磨練！怕的是戰場陰霾密佈、陷阱重重、地雷處處，他們不知就裏，一頭栽進去，弄至遍體鱗傷⋯⋯

我是這樣回應我的朋友的：說真的，當我選年輕人

進入議會時，心中很矛盾……也真有點兒淌淚……

初生之犢不畏虎，他們單憑一個勇字，我可會送羊入虎口？是否選他們，我真有猶豫過。但最後，我選擇相信他們。相信他們一匡熱誠，追尋公義，他們會在挫敗中成長的！而我們這些年長的，萬不可袖手旁觀，往後的日子，要發聲，要支援，不能讓年輕人孤獨地走——去送死！

選舉後不久，年輕「票王」朱凱迪人身安全受到威脅，朋友感觸抒懷，寫了一首詩，當中謂：你說堅持正義／當了議員不會背信棄義／萬敵當前／不及智仁勇合一／不管三七二十一／後面至少還有八萬四千一百二十一。

說得好，他們需要智仁勇三合一：智者不惑，仁者不憂，勇者不懼。孫中山在《軍人精神教育》中提出軍人精神三要素就是智、仁、勇。他認為「智」能別是非、明利害、識時勢、知彼己，這樣配合仁、勇，方能成就大事。換言之，「勇」的先決條件是要明是非、辨善惡、知所當為不當為，即所謂「知恥近乎勇」。

朋友最後兩句：不管三七二十一，後面至少還有八萬四千一百二十一。我深有同感。他們需要我們的支援，我們要與他們同行。

我默默地為這班年輕人禱告：父啊，請保守他們的心，讓他們能判別是非，秉持公義，但也要有柔和謙卑的心，不可自以為是，傲岸一切。主佑我城，主佑我民！阿們。

# 七月的鄉愁

　　昨天晚上，靜聽着一首蒼涼的曲子〈鄉愁四韻〉。這是羅大佑根據余光中的詩句譜寫成的。詩句云：

> 給我一瓢長江水啊長江水
> 那酒一樣的長江水
> 那醉酒的滋味是鄉愁的滋味
> 給我一瓢長江水啊　長江水

　　詩人余光中生於南京，九歲去了四川，其後返回南京讀大學，1949 年離開大陸赴台灣，此後飄泊於香港、歐洲、北美。對於中國故鄉，他曾說：「如果鄉愁只有純粹的距離而沒有滄桑，這種鄉愁是單薄的……」

　　雖然我是土生土長的香港人，但不知從哪年開始，每逢七月總泛起點點鄉愁。還記得：七月，曾經充滿期待、興奮；如今，卻無法棄掉疑惑、憂慮，且慢慢滋長出無奈與抗拒。

小時候家裏案頭常放着《國父孫中山先生畫冊》，圖文並茂，引得我經常翻閱。那時看到小小年紀的孫中山在鄉間把廟裏神像的手折斷，斗膽向神祇挑戰，厲害！這頑童難容於當時封建社會，家人急忙送他到老遠的檀香山去。到了花旗國被人取笑留辮子，他「咔嚓」一聲把辮子剪掉，這是忘宗忘祖的叛逆行為，他的「不顧一切」，令我這黃毛丫頭深感驚訝。最後，他走上革命的路；最後，他推翻了滿清政府；最後，他說：「現在革命尚未成功……」這篇國父遺囑，不知何故觸動着小小心靈，不到十歲，已自然而然地背誦起來，琅琅上口。

　　八十年代任教中三歷史科，教的是中國近代史，一段血淚史。憶昔當年課堂上一些畫面，難忘。當談及鴉片戰爭中英簽訂南京條約，英廷逼使中國割地賠款，而香港就如此這般地成了英國殖民地。學生讀着這段「國恥」，竟有義憤填膺者說：我要做回中國人！當述及國父十次起義始能成功，其毅力、勇氣和識見，學生驚覺「一切得來不易」！再看到革命女俠秋瑾於行刑前哀鳴：「秋風秋雨愁煞人」，大家頓時沉默，黯然神傷。還有，當閱讀黃花崗七十二烈士林覺民在起義出發前寫的「與妻訣別書」：「吾自遇汝以來，常願天下有情人都成眷屬；然遍地腥羶，滿街狼犬，稱心快意，幾家能

殉？……當亦樂犧牲吾身與汝身之福利，為天下人謀永福也。」當時林覺民的兒子五歲，而妻子正懷孕，明知此去無歸路，還是不捨地離去，情何以堪？不少學生潸然淚下。

談到五四運動，巴黎和會中列強肆意把山東的權益從德國手中轉讓給日本，中國政府竟似無力反抗。於是北京幾千名學生以當時破天荒的形式，遊行示威請願罷課，以暴力對抗政府，號召「外抗強權，內除國賊」，終於成功地逼使政府拒絕簽署。看着當年年輕學子熱血沸騰，坐在教室內的學生們特別激動。再說其後衍生的新文化運動，倡議民主、科學，並推行白話文運動。此刻，學生認識到前人點滴艱辛，驚歎：我們真幸福！

這是活活脫脫的國民教育，把歷史事實陳述出來，學生由衷地感動，情由心生。世上沒有無緣無故的愛，也沒有無緣無故的恨。如今何以弄至終日要年輕人愛國？強逼愛國。曾聽說：終日嚷着要別人愛的女人是最不可愛的，只會令人生厭。

啊，七月的鄉愁，揮之不去。

# 破曉的微波

破曉的微波，靜止了。

破曉時分，人們總期盼朝陽普照。無奈朝來寒雨晚來風，晨光未現，微波已止。

微波一直關心中國的民主路。他曾溫柔而激情地說：「我沒有敵人，也沒有仇恨。仇恨只能導致暴力和專制，虛構敵人。難道我們還沒有嘗夠階級鬥爭式的仇恨的苦果嗎？」他認為中國人要追求民主首要消除仇恨心和敵人意識。

他作為「六四」的領導者，曾在秦城監獄寫下悔罪書，「真誠地說謊，為自我保存」，令他自覺出賣了個人尊嚴，也出賣了「六四」亡靈的血。他悲痛地說：「無辜者的血淚是我心中永遠的石頭：沉重、冰涼。」所以，他對六四學運作出了檢討，認為不應再徒然激烈地抗爭：「我們是否能夠拿出明知不可為而為之的勇氣和具體的智慧、切實的設計、從一點一滴做起的耐心？」

於是，他開始切切實實做點事。在網絡上發表異見，

積極進行組織工作，連結同路人。有人認為以他的學術才華，大可潛心學術研究，著書立説，安穩度日，何必寫惹人生厭的時事評論。他回應説：「寫時評是我的責任。」

他的責任？甚麼責任？我想：是引起人們追尋美好人生的責任。他説：「我從來不問人的種族、故土，只問在某一塊土地上，人作為一個個具體的個體，是否活得有尊嚴有權利有自由有愛有美。」他期望通過改變社會來改變政權。維權運動並不是要奪取政權，而是致力於建設一個可以有尊嚴活着的人性社會。

獲得諾貝爾獎的消息傳出後，他寫下領獎辭。最後一段話是獻給妻子的：「如果讓我説出這二十年來最幸運的經歷，那就是得到了我的妻子劉霞的無私的愛……我在有形的監獄中服刑，你在無形的心獄中等待……我對你的愛，充滿了負疚和歉意……」末句深情地説：「即使我被碾成粉末，我也會用灰燼擁抱你。」

他不是不知道自己的下場的，在一次接受訪問時明言：一個不同政見的異見者，不但要學會反抗，而且要學會怎樣去面對……坐牢。他期待他是中國連綿不絕的文字獄的最後一名受害者，可是，這理想，還遙遠。

破曉的微波，靜止了。

但願水波的漣漪，永蕩漾……

# 予欲無言

　　每年「七一」總是香港多事之秋，尤以今年（2019年）為甚。我曾為「七一」發表了不少文章：

　　2004年〈七一蒲公英精神〉：「今年呢，遊行的氣氛平和了，口號不多，橫額也少；有些人說這次遊行有點像嘉年華會。但我們畢竟不是開嘉年華會，我們沒有甚麼值得慶祝。雖是今年七一遊行跟去年的氣氛不一樣，但彼此終極的追求是一樣的：我們要香港走上民主之路。我們期待這一代的民主之火不滅，下一代還是傳承。當有一天，我們，或者我們的子孫享有真正民主的時候，七一群眾上街，才會是一個嘉年華會，一個為紀念爭取民主成功的慶祝會。熱帶氣旋『蒲公英』的命名源自韓國，這小花代表韓國婦女簡樸溫柔的性格。我們今年穿上白衣遊行也象徵對民主單純的追求。我們和平地對民主單純的追求，簡樸溫柔，如蒲公英。」

　　2014年〈給年輕人一個機會〉：「近來香港滿城風雨，既是天氣陰晴不定，也是人們內心的風雨飄搖。今

年七一遊行期間，忽然下了幾場滂沱大雨，放眼遠望，萬人擠在一起，肩並肩，沒有喧嘩，只有雨聲⋯⋯站着四小時，靜待，前行。朋友戲言，真有點兒『風蕭蕭兮易水寒』的悲壯。⋯⋯人群中，不少是年輕人。年輕，啊，少不更事，受了別人的煽動──批評者狠狠地指罵煽動他們的人居心叵測，利用傳媒推波助瀾把孩子推進死胡同。這責難是真的嗎？我看這正正是激勵年輕人學習成長的機會。凡事總有正反，當各方陳明利害，有時難以抉擇。如何權衡輕重，兩害取其輕，不容易。這當中必然涉及一些價值觀。就如『犯法，不等於犯罪』，這話不能輕言，但絕對可以有不同層次的思考。」

2017 年〈七月的鄉愁〉：「不知從哪年開始，每逢七月總泛起點點鄉愁。還記得：七月，曾經充滿期待、興奮；如今，卻無法棄掉疑惑、憂慮，且慢慢滋長出無奈與抗拒。」

2018 年〈我正在改變〉謂有人說他變得「不再糾正人們，即使是他們的錯。能讓事情和平更值得珍惜，良好的人際關係讓他永不孤單。」文中反駁：「聖經教導我們行公義，好憐憫，存謙卑的心。秉持公義並非咄咄逼人，也決非自以為是、得理不饒人，而且謹記謙卑地聆聽別人的觀點。目的是憐憫受苦者，讓正義彰顯，也

就是彰顯主名。在納粹德軍大屠殺事件中，一位倖存者說：當納粹黨開始迫害猶太人時，很多德國基督教會保持沉默。他們的冷漠，讓眼前血流成河……」

2019 年，予欲無言。

# 黃藍黑白

由「修訂逃犯條例」引起社會群眾大撕裂，黃絲藍絲互相攻訐，勢成水火。

黃絲最初以和平理性非暴力的行動作出抗議，百萬人遊行示威，相安無事。惟當中一小撮激進分子按捺不住，施行暴力，破壞公物，越演越烈。而藍絲呢，就以破壞社會治安、影響民生經濟為由，贊成政府借警力大大反擊，名為以暴制暴。

雙方各執一詞，似各有理據，怎生是好？赫然看見一句話：「黃藍是政見，黑白是良知。」當下心裏頓感安然，好像總算有個抉擇的準則。好了，就拿我們的「良知」去判斷吧……

修訂逃犯條例是否惡法？用暴力去破壞社會是否一定罪無可赦？使用武力是迫不得已，打擊暴亂者是為了大家好？社會經濟發展好，人人安享太平，就是好？必須有自由的空氣才算是基本的合理的生存環境？

然而，良知，有統一標準嗎？還是黃絲有黃絲的

良知，藍絲有藍絲的良知？若如是，那麼這話說了等於沒說。

良知，應是與生俱來，應是最自然最人性的吧。我想起孟子性善說，論四端中云：「所以謂人皆有不忍人之心者，今人乍見孺子將入於井，皆有怵惕惻隱之心；非所以內交於孺子之父母也，非所以要譽於鄉黨朋友也，非惡其聲而然也。」所以「惻隱之心，仁之端也」。人之有惻隱之心的行動是本乎有仁愛之心；而仁愛之心，非關乎利益、名譽，動機自然而單純，即今之謂良知也。

然而，真的每人都有良知嗎？看來又不盡然。且看荀子怎麼說：「人性本惡。其善者，偽也。」他所持理念與孟子所言相悖。幸好細心尋索，原來荀子的性惡論是從後果界定善惡，換言之，即從經驗所得，人都是好利自私的，若不加以學習管束，則必然為私利謀算。所以，嚴格來說，荀子並沒有反對人有性善的存在，只是行出來以惡為要。這與聖經所言相同。神按着自己的形象創造人，神看着是好的；只因先祖犯了罪，罪就進入了世界。這麼說來，除非各人真能回到初心，才可有信心憑良知處事而不陷於「自以為義」當中。

謹記：「人一切所行的在自己眼中看為清潔，唯有

耶和華衡量人心。」（箴言 16:2）人心，是神造人時給予人美善的心，就是良知。願我眾放下黃藍，先回到主面前，謙卑認罪，尋回自己的良知，再憑良知去審視黑白。

# 單純的愛

近日香港時局動蕩，看到滿目瘡痍，玻璃遍地，隨處火光熊熊，路旁高柱上的交通燈被砸壞，吊着，像個垂死老人的頭……我心中難過。勇武式抗爭涉及使用汽油彈、武器，大有決一死戰的決心。難怪當下許多人都視之為暴徒。

然而，抗爭者與暴徒是兩碼子的事。與政府抗爭是指弱勢群體本乎公義的維權行動。當然可以是和平地抗爭，也可以是武力地抗爭。不管如何，抗爭，屬褒詞。暴徒則是指使用武力的歹徒，有惡棍之意，屬貶詞。

當天我看到一班年輕人衝擊立法會，心裏也暗罵：幹嗎要如斯暴力。其後了解他們的思想理念後，不禁潸然淚下。且看當天他們致全港市民的「香港人抗爭宣言」，開宗名義說：「我們是一群來自民間的示威者。萬不得已，我們並不想走上以身對抗暴政的路，以佔領香港特區政府立法會作為我們談判的籌碼；但滿口謊言、滿口歪理的政府卻無意回應香港人不斷走上街的訴求。

我們只好以公義、良知、以及對香港、對香港人無窮無盡的愛，去抗衡橫蠻的政府。」

據哈佛大學政治學家切諾韋思（Erica Chenoweth）的研究發現，和平抗議是改變世界政治最有力的手段，而且比其他手段有效得多。她通過對二十世紀數百場運動的研究發現，非暴力運動達到目標的可能性是暴力運動的兩倍。她總結出一個「3.5% 定律」。那就是說：「如果一場運動在最高峰時能有 3.5% 的民眾參與，就沒有失敗的。」如 1986 年數百萬菲律賓人走上馬尼拉的街頭，以和平抗議與祈禱的方式發起人民力量運動。運動第四天總統馬科斯（Marcos）的統治宣告結束。

想想，香港人抗爭之先，100 萬人和平上街反映訴求，政府不聽；200 萬人和平上街，政府也不聽。那是遠遠超過 3.5% 的民眾參與！年輕人熱血沸騰，便以武力手法來宣示不滿，政府依然故我，令年輕人的怒氣一發不可收拾。

暴力，當然不對。但勇武抗爭，又是逼不得已。天父是看人的內心，不是看人表面的行為的對錯。誰的內心最單純地愛香港，留待天父鑑定。至於有時勇武得過了火位，當得承認錯誤，求天父寬恕並給予我們最深切的提醒，避免重犯。

# 誰勝誰負

　　香港是一個經濟型的社會，對賺蝕輸贏看得非常要緊。孩子必須贏在起跑線上，勝者為王，敗者為寇。這些思想，令人產生奮勇向前的力量，原是無可厚非的。然而，用甚麼方法來得勝，便涉及公義和良知的問題。若用了卑劣的手法來爭取，縱使勝了，也勝之不武，必為人鄙視。

　　觀乎現今香港的社會運動，擾擾攘攘的已進行了幾近八個月。政府所謂止暴制亂，是認為這才是得勝的確據。而激進的勇武之士，也定要政府回應五大訴求才罷休。誰都要只許勝不許敗，頓至各走極端，在對抗的過程中，必然兩敗俱傷。

　　抗爭者以必死的決心去反抗，若是勝了，穩守了一國中的「兩制」；若是敗了，他們成為白白的犧牲者。而政府呢，若是勝了，會繼續「依法辦事」；若是敗了，總還有「一國」來撐腰。

　　按現時的情況來看，若大家都不讓一小步的話，

政府這個龐大的集團，勝的機會比較大。然而，勝了又如何？誰都看得清，政府的手法是「以暴易暴」，警隊成員荷槍實彈，除了警棍外，還有催淚彈、胡椒噴霧、鐳射槍、大型水車等，兼且備有大型盾牌、防彈衣作保護。反觀抗爭者只有斧頭、木棍、汽油彈、鐳射槍。當然，如果把抗爭者視作「暴徒」的話，則當然格殺勿論——然而，即使有暴徒行為，但若是「抗爭有理」的話，則另作別論。

有些慈母說：棒下出孝子，所以必須打打打……這是出於良好的動機，恨鐵不成鋼。可是經驗和學理研究都告訴我們，原來管教孩子，除了打之外還有別的方法！特別是對待青少年，打，可能適得其反，變得更頑劣。況且，即使打，也該有分寸。需知道，懷着愛意地打，跟懷着恨意地打，有多大的不同。即使最終孩子真的錯了，作母親的必然擁抱入懷，珍之重之，斷乎不會咧着咀說：哼，看，還不是我勝了。

《基督日報》於 2019 年 11 月 18 日刊登了一篇題為「硝煙中的和理非——與袁天佑牧師談香港時局的解藥」。袁牧師對香港出路的建議是：「追求公義，也要追求愛；當要去饒恕對方的時候，就要有公義存在。今天逃犯修例引發的大風波錯在政府，政府需要做三件事：

第一，查找事實展示錯誤；第二，向前看不可重蹈覆轍；第三，查明真相後放下怨恨。」

新春伊始，但願為政者細味袁牧師所言。

# 抉擇

　　Lisa 和 Oliver 剛返完夜更，由昨晚 11 時做到今早 7時。她們在政府醫院急症室工作。

　　平日她們總喜歡一起去吃個早餐，但如今冠狀疫症橫行，她們戴着口罩默默前行，只想着各自歸家。Lisa 打破沉默：「昨晚那個老伯，咳嗽，要他戴口罩別戴得鬆鬆的，屢勸不聽。Eric 醫生要他隔離診斷，他一口拒絕，嚷着要回家照顧老伴。幸好 Eric 醫生好言相勸，對他說：「如果你有事，傳給你太太怎麼辦？」他才願意留下。

　　Oliver 突然垂下頭，感觸地說：「不管怎樣，誰也不願意家人受感染。我每天到了家門便急忙把鞋襪、外衣脫下，入門前放在膠袋裏面才進去，就是怕把病毒帶回家。你知啦，文仔才三歲，還有我老爹 70 多歲，我真的怕。」

　　經過醫院旁邊的小花園，她們稍稍坐下。

　　Lisa 說：「我每天也戰戰兢兢地上班。每次上班前，John 都擁着我說：『千萬小心。』我說：『為着我們肚裏的孩子，我一定會。』昨天晚上出門前他擁得我更

緊説：『千萬千萬千萬要小心。』因為他看資料説政府不完全封關，每天往返入關的人還很多……」

「那你會參加罷工嗎？」Oliver 突然一問。

「很想參加，若不是有了孩子，早就參加了。」Oliver 好生奇怪地望着她。她微微閉着眼，繼續説：「對。我罷工，不是為了肚裏的孩子，而是看到疫情一直擴散的話，誰的命也難保。但若我罷工的話，別人一定説我是逃兵。我個人背負這污名，不怕；怕的是要孩子因而同受這污名，我不願意……」

Oliver 明白她的難處：「真的，若不堵截源頭，到頭來感染的人眾多不更忙亂嗎？可是，若罷工，現時的病人又怎麼辦？」

這時候剛好急症室其他兩名員工下班走過。他們是 Vivian 和 Eric 醫生。大家不約而同地談起這疫情。

Vivian 曾經歷過 2003 年沙士一疫，她説那時甚麼也不清楚，大家只齊心協力地照顧病人，她連掃地清潔的工作也甘心樂意地分擔。現時既然知道了源頭，政府卻不立刻封關，杜絕病毒源頭入侵。如今多番周旋，還是有漏洞。「為何要逼到醫護罷工呢！」Vivian 有點兒激動。

一直沉默的 Eric 醫生斬釘截鐵地説：「醫護人員從來不是逃兵。我們在前線作戰，但後防不斷放敵軍進

來，到時損兵折將，還不是要敗陣下來？我們最憂慮的是那些隱形帶菌者在社區遊走散播病毒，一發不可收拾。我們一定要讓其他病人明白，他們需要多點體諒和忍耐，以求整個社會好。非常時期，非常考慮。不過，全體罷工是不可能的，因為影響所有醫療……」

Vivina 忽然靈機一動：「不如我們抽籤吧，兩個參加罷工，兩個依舊上班，好嗎？」

他們真的這樣做了。結果 Oliver 和 Vivian 罷工；Lisa 和 Eric 維持上班。

Eric 説：「抱歉要你們冒被人唾罵之險，背起『逃兵』的惡名。不過……現正發起擱置罷工，説不定我們要繼續『四人行』。」

他們四人正欲離開。Vivina 驚叫：「啊，Eric，真給你言中，4,000 人投票贊成我們暫緩罷工！」她把手機上的信息遞給他們看。「唉，死心了吧。上面根本不理我們的訴求。我看，大家也不忍心要以病人作籌碼，誰勝誰負不重要，重要的是：我們真的看重市民的生命。」

好一句：誰勝誰負不重要。Lisa 邀請大家一起禱告。他們彼此握着手，Lisa 開口禱告：「親愛的主，感謝祢讓我們堅定地在前線對抵抗這疫症，感謝祢教導我們如何面對這頑梗的政府，但願我們所作的都合乎你的旨

意。求祢施大能，保守我城，保守香港市民，保守我肚裏的 BB。禱告奉主耶穌基督名求。阿們。」

# 痛有多深　愛有多深

　　從不曾知道自己如此愛「他」，直至到有一天，猛然發覺「他」遭人踐踏蹂躪的時候，才從夢中驚醒過來。為着保護「他」，維護「他」的尊嚴，有時候不惜要與奪走「他」生命價值的人死拼，搗毀所有。

　　旁人說：「他」既然已經改頭換面，你就索性丟下「他」一走了之，算了。

　　你不離開，也許，你沒本事離開；也許，你還愛「他」。

　　這個「他」，與你共患難幾近兩個世紀，1840 年、1860 年，「他」已經先後被兩場戰爭出賣了。那時你在「他」心目中不過是一條狗。你被歧視，別人看不起你，把你當作奴才。你苦苦撐下去，忍辱負重，把「他」慢慢改造過來，你終於可以把「他」由一個小小的漁港打造成國際金融中心，「他」也讓你呼吸到一點點自由和民主的空氣。1997 年，「他」的母親說把「他」接回家了，這本是一件令人興奮的事。可是這位

整個世紀也與「他」毫不相干的母親對「他」說：你不得有你的自由和民主，你得先愛我，先聽我的話。

你開始思考自己喜歡的是怎麼樣的「他」。維護自己喜歡的其實是十分正常的。你為珍視的東西而奮力爭取，有何不可？可是，有理說不清，你激動得訴諸武力。幾十年來辛辛苦苦的建設都被你打破了，「他」變成頹垣敗瓦……。有些人不管「他」以甚麼姿態存在，只求安穩，他們說：我也有權擁有「他」，只要「他」給我吃喝玩樂，管「他」內裏怎麼樣。即使你聲嘶力竭地吶喊：物必先腐而後蟲生，把腐朽的去掉，先破而後立，可錯之有？可是，來不及建立，已被定為死罪。那，就只有繼續看到滿目瘡痍了……

打在兒身，痛在母心。

打在你身，痛在我心。

可知道：痛有多深，愛有多深。

世情萬狀　點滴情懷

# 動人心弦

　　前陣子到湖南張家界一行，壯麗挺拔的群山，連綿峻嶺，看得人目瞪口呆，令人驚歎不已。然而，我在旅途上拍攝的第一張照片，並不是雄偉山景，而是旅遊車上的一則標語。我們這次旅程，由長沙乘車到張家界，車程長達四小時；到了張家界，遊覽各地景點，動輒也要乘車兩小時，司機責任重大，駕車也很疲累。在司機座位右旁，擋風玻璃上方，貼上很顯眼的標語，寫的是：

　　　親人囑託：

　　　有一種叮嚀叫滴酒莫沾，

　　　有一種感覺叫望眼欲穿，

　　　有一種期待叫一路平安，

　　　有一種溫馨叫合家團圓。

　　說到底，是囑咐司機──安全駕駛。但標語以親人的心態說出，不禁令人想起家中老老少少，父母兄弟、

妻兒子女……這聯想，牽動人心，怎不教人不加倍小心駕駛？當然，旁邊也不忘寫清楚：不疲勞駕駛、不超速行駛、不超員載客、不酒後駕駛、不在高速公路上下客、不強行超車會車。這樣，不但有理性的提醒，也有感性的叮囑，多麼的貼心窩心！

記得看過一篇文章，說在巴黎街頭，一名瞎子在繁忙的街道行乞，他面前擺放着一張字牌，寫着：「我是盲人，請幫助我。」只見行人紛紛繞過他的身旁，視若無睹。後來，一個路人走上前，為他的字牌改寫為：「這是一個美麗的日子，但我看不見。」真奇妙，這句子竟立刻吸引了不少過路人停駐，並感同身受，體會到瞎子的難處和需要，樂意施贈。

在香港，我也看過一則很動人的宣傳廣告，目的是呼籲人們捐款幫助長者安裝「平安鐘」。內容是：

希望冷的是天氣……不是人情……
幫得到……別幫得太遲……

第一句句子比較司空見慣，未必吸引人，但第二句句子，卻觸動人細思：長者年紀一把了，「平安鐘」是他們的救命鐘，愈早安裝愈好，因為不知道他們在世上

還有多少歲月，而他們又隨時出意外。「幫得到……別幫得太遲……」，必須即時捐助的逼切性就呼之欲出了！

# 「洋」與「翔」

羊年到臨，吉祥之聲不絕。羊，是一種溫順和善的動物，在漢字中通常有「祥」的意思。「祥」，表示用羊羔獻祭，祈求幸福。而水面浩瀚而安詳為「洋」，大鳥展翅在藍天安詳滑行曰「翔」——這是多麼令人嚮往的美善境界！想必是許多人的良好願望。

可是，汪洋會翻起巨浪；天空也會風雲變色。那羊，如何招架？特別是一大群年輕的羊，一時之間被判為「毒豆」，要接受重新教育，要「補腦」，使能變作「甜瓜」來。那看顧羊群的牧羊人又該如何是好？

有人說，每個人都有限制，要彼此諒解，此言有理。尤其用在寬恕的層面上，最奏效。明白對方並非故意傷害你，只是他有他的限制，他有不同的審視角度或有不得不如此做的理由。

但體諒歸體諒，有沒有意願突破限制，盡量把事情處理得更合理，這涉及態度問題。雖然有些事情不容易清楚瞭解，眾說紛紜，莫衷一是。然而，也得來個「眾

說」，彼此有機會平心靜氣地論析。近月來，年輕朋友對香港應堅持甚麼，捨棄甚麼，除了一部分已有既定的立場，大部分仍在尋尋索索，迷迷惘惘。互相對罵的聲音，沒能解決他們的困惑。沉默，更令人費解。不少與年輕人同行的導師對相關言行既不贊成，也不反對，不支持，也不抵制⋯⋯這看似是「包容」、「給予自由」，但與「置身事外」、「放任自流」有甚麼分別呢？或許導師們也有自身的限制，當下未知如何應對。但此時此刻，是否仍以種種理由作護身符，避開一切的追問呢？我想起魯迅在《吶喊》自序中說：「獨有叫喊於生人中，而生人並無反應，既非贊同，也無反對，如置身毫無邊際的荒原，無可措手的了，這是怎樣的悲哀啊，我於是以我所感到者為寂寞。」

寂寞的年輕人啊，你聽說要體諒每個人都有限制，要包容多元思想，要學會求同存異；可是，你又如何理解包容與包庇，怎樣分辨鞭策的愛與縱容的愛呢？

一位朋友對我說：人間不是天堂，但千萬不要讓人間變成地獄。羊年伊始，我期盼人們在祥和中細細討論，讓「洋」與「翔」真正呈顯。

# 笑中有愛

朋友傳來兩則笑話，可堪回味。

其一：社區有一位阿姨，現在不去跳廣場舞，改去學游泳。大家好生奇怪，追問她。她無奈地說：「兒子跟媳婦吵架，每次媳婦都問：『我和你媽掉進水裏你先救誰？』我不想為難兒子，所以就學游泳了！」

過了一段時間，阿姨家中小兩口又吵架，媳婦說：「我和你媽掉進水裏你先救誰？」兒子答：「我不用下水，咱媽會救你的，她會游泳。」媳婦不依：「不行，你必須下水。」兒子答：「那你死定了！我游泳那麼差勁，咱媽肯定先救我！」

其二：女兒離家上大學時，把心愛的小盆栽和金魚留下來讓我照顧。但她放心不下，因為我這個做媽媽的粗心大意是出了名的。結果花草枯萎了，我把這件事告訴了她。一天她打電話回來，我很慚愧地告訴她金魚也死了。她沉默良久，然後輕輕地問道：那爸爸還好嗎……

許多時候，我們都只想到自己。「他若先救她媽媽，證明他愛媽媽比我還深，那怎麼可以！」「妳把我心愛的盆栽和金魚弄死了，妳有啥用！」遇上這情況，氣在心頭，也許是人之常情。但回心一想，「我」真的是唯一重要的嗎？有甚麼比「我」還重要呢？

當然，要欣賞的還有那阿姨的智慧！正是：「山不轉，路轉；路不轉，人轉。」既改變不了媳婦的脾氣，也不想兒子為難，為求自保，只好「自救」！再看下去，兒子回應妻子的話：「咱媽會救你的，她會游泳。」真是可圈可點！但妻子還要耍性子，硬要說：「不行，你必須下水。」兒子的回話，正反映了天下母親心！

那上大學的女兒聽了母親說，她把自己心愛的盆栽和金魚也弄死了，「沉默良久」──這沉默期間，母親內心必然惴恀不安，預料將給女兒大罵一頓。然而，女兒竟是「輕輕地問：那爸爸還好嗎……」重點在「輕輕地」，沒有責難，沒有埋怨，只有愛。

# 腳尖上築夢

　　提起芭蕾舞，人們總聯想到可愛的小妮子、青春少艾的女孩。你能想像一名幾近 70 歲的老婆婆跳芭蕾舞嗎？前陣子在電視節目中看見一名 67 歲的長者 Carmen，她 62 歲才開展自己的舞蹈人生，五年間考獲芭蕾舞八級，當中並曾獲優異成績！太不可思議了！

　　一把年紀，腳尖上築夢，這並不是唯一的例子。在網頁上看到一則三年前的新聞，報道香港勞工處前副處長丁福祥，當年已屆 65 歲高齡，同樣優雅地踮起腳，伸展兩臂，隨着優美的旋律輕躍於半空中。他在 57 歲時忽發奇想學起芭蕾舞來。幾經辛苦才找到願意教長者跳芭蕾舞的導師，他認認真真地學習，幾年後，已超越 60 高齡，竟能踏上舞台參演著名芭蕾舞劇《唐吉訶德》。

　　中國人有句老話：「臨老學吹打」，意謂年老的時候學習敲鑼打鼓吹嗩吶這些新行當，為時已晚！如果這話是對自己說的，它的歇後語是：太遲了，心有餘而力不足。如果這話是對別人說的，則大有嘲諷的意味──

不自量力。

要「臨老學吹打」真不是一件容易的事。在生理上的確有限制，腦筋較慢，記不到舞步，經常「一看就懂，一做就錯，出門就忘」！到了「登陸」年齡，也少不免有點骨質疏鬆，跳高躍下的高危動作，一不小心便後果堪虞！

丁福祥憶述，年紀大了，背也微曲，即使一個小寶寶都懂的動作——挺直站立，自己也得苦練才成。而且骨骼、關節不如年輕時強健，容易受傷，這是不爭的事實。Carmen 還說：「先別說要苦練筋骨，要接受穿起那低胸露背超貼身的舞衣，露出那皺皺的皮膚，就已踏出勇敢的一大步。」那麼，怎樣克服這「給人笑話」的尷尬呢？Carmen 想通了：「芭蕾舞衣是一種文化，有一種端莊的美。」啊，端莊的美，這不再是年輕人的專利！

據治療師說：芭蕾舞運用腳尖、腿、膝蓋、臀肌，對關節病痛，甚至心肺病都有幫助。英國皇家舞蹈學院實行「Dance for lifelong Wellbeing」長者舞蹈計劃，最老的學生是 102 歲。

腳尖上築夢，只要「勉力為之，不勉強為之」，長者絕對可以用「無齡感」的心態超越世俗的框框，作出不一樣的選擇！

# 山樂孩子

　　緬甸，一個好像與我們毫不相干的地方。除了貧窮和政局動蕩外，就只記得那個充滿英氣的民主女神昂山素姬。難怪當我告知一位朋友有一個「山樂孩子」的攝影展在海港城舉行，為緬甸音樂學校工程籌款，為救救緬甸的孩子時，她頓感困惑——幹嗎我們要關心一個完全陌生的地方，緬甸，太遙遠了！

　　最後，我還是參觀了這個攝影展。當中觸動我的是一幀幀幽暗的照片，只見一個個布衣小孩，在破房子彈電子琴，拉小提琴，彈結他……而神情的投入，真摯的情懷，像在對我說：請聽，音樂多美，我好喜歡啊！

　　這些照片道出了一個個從晦暗邁向光明的故事。這些故事由屢獲殊榮的新聞攝影師 Billy HC Kwok 以細膩的心捕捉下來。他如實地展現了緬甸金三角景棟孤兒的生活和音樂對他們的改變。

　　緬甸景棟，是毒品猖獗的社區，這群孩子的未來離不開販毒運毒。而一位女孩——鄭凱恩，一名土生土長

# 山樂孩子

**緬甸景棟音樂學校工程**
## 紀實攝影展

出國攝影藝術家暨攝影師Billy HC Kwok
用其實的影像訴說一個建立這間音樂學校
的過程與背後孩子的故事。

「海港城‧美術館」
海港城海洋中心二階207號舖

SONY　HARBOUR CITY 海港城　Gallery by the Harbour

「山樂孩子」攝影展海報

的香港基督徒——很想引領當地兒童走一條不一樣的路。

凱恩有一次跟教會到緬甸宣教，在水災災民籌款活動上，她看到一班少年人一起拉奏小提琴，雖然他們只有兩三個星期去準備，但他們非常努力練習，表演很有水準。於是她驀地興起一個信念：不要讓他們在毒品的染缸內污染得太嚴重，音樂可能是孩子們逃出生天的路。他跟孤兒院的創辦人牧師說起，原來他也有這想法，認為這樣可以讓孩子們將來能自力更生，從而改變命運。只是沒有錢。於是他們便決定籌錢建立一間音樂學校。在兩個星期後，他們在一個山頭找到一塊可以負擔得起的地皮，然後凱恩就回香港籌募經費。

凱恩清麗可人，在公關公司工作十年，前途一片光明。但當即將升為公關總監時，她竟毅然辭職，放棄一

切，決定為夢想孤身上路。為了建校籌款並推廣信念，她成立了非牟利機構 Build A Music School（BAMS）。經過一番努力，籌得音樂學校第一期的款項，工程正式動土了。

　　現正為「第二期校園工程」籌款，雖然有一些大財團想支持，但如果以他們的名義建校，當地官員就會以為有外國勢力入侵，因此學校還是以緬甸人登記，低調處理。籌款受限制，加上緬甸貪污腐敗，凱恩也曾灰心想放棄，能令她堅持下去的，是她經常提醒自己：毋忘初衷──希望更多當地兒童擁抱的是樂器，不是毒品！

# 敬老？安老？護老？虐老？

最近香港報章揭發了一宗令全港市民髮指的新聞——大埔劍橋護老院事件。

護老院，原來並不「護老」，反有點像「虐老」！「護老」這名稱，忽然有點反諷！

對於院舍人手不足，要院友先脫掉衣服排隊輪候洗澡，時有所聞，即使以體諒之心包容，也不禁令人黯然。但好歹也當給人家一丁點兒小布，用以遮蓋重要部位，斷不可能要各人赤裸裸地對坐對望。況且，還在開開揚揚的露天場地，眾目睽睽！

事件曝光後，我們且看一些人的回應，當可窺見人內心深處，在暗角藏着的是甚麼思想。

該護老院舍創辦人陸艾齡雖然同意這情況是處理不當，應要改善。但若因此而遭政府「釘牌」，則認為實屬太嚴苛，因為今次事件嚴重性較低，「都唔係打個老人家」——原來，身體傷害才算傷害；長者尊嚴，算不得甚麼！

由於該院舍屬高度照顧型安老院，入住的老人家大都機能嚴重衰退，喪失認知能力，許多連表達能力也沒有！據報載，街坊謂該院舍在三、四年前已經如此，經常出現十多二十名不能照顧自己的老人家，齊齊脫光衣服等洗澡，有時一等就兩小時。即使在冬天極冷的天氣下，老人家也只是穿內衣或薄衣坐着等。她曾經向職員投訴，得到回應是對方指：老人家是傻的——換言之，不用理會他們，不必尊重，毋須關心！

行政長官梁振英出席立法會答問大會時表示，政府官員都感到十分痛心，強調一定要嚴厲跟進，這態度值得欣賞。可是，在解決問題的方法上，重點談的竟是：土地問題。稱「土地問題」會為院舍服務帶來突破，並抱怨在改變土地規劃用途時遇上阻力——這是把問題轉移了視線。安老院舍的營運問題，與土地不足，雖然不能說毫不相干，但畢竟不是這事件的關鍵原因。只從硬件着眼，看不到「人性」軟件，這是何等大的失誤！

讓我們都檢討一下自己的思想，還長者一種尊嚴！我們且不談「敬老」那麼遙遠的事，只問一句，從關顧長者身心靈的角度看，到底現在的老人院舍，是在安老？護老？還是虐老！

# 長與短

《霎時感動》是多年前在電視上播映的勵志資訊節目。其中一輯由眼科醫生林順潮講述一個故事，他說曾有一街坊福利會在門前擺放留言板，標題是「長與短」，讓街坊各抒己見。小明放學經過看到了，立刻寫下：「為甚麼上課時間那麼長，小息的時間那麼短。」張太太經過也寫下：「為何排隊的人龍那麼長，炸出來的油條那麼短；做家務的時間那麼長，打麻將的時間那麼短。」接着不少人紛紛在留言板上表達心聲，直到陳婆婆寫了一句話之後，就沒有人再在留言板發言了。陳婆婆寫道：「為何人死亡的時間這麼長，活着的時間這麼短。」

原來陳婆婆的老伴剛離世。林醫生由此頓悟：在生與死面前，人世間任何事都變得微不足道！永別那麼長，相聚時刻那麼短，還計較甚麼？抱怨甚麼？所以千萬別為小事而煩惱，活着就是精彩！

事實上，時間的長短，可以是客觀的量度；但更多的是心境主觀的感受。君不見男孩子在路旁等候心儀的

女朋友——兩小時，不長；但若女朋友正在醫院動大手術——一分鐘，太久了！俗語有云：快活不知時日過；又曰：度日如年，正是此意。

短長，有時指的是時間，有時卻另有所指，就如：紙短情長。詩人李白〈金陵酒肆留別〉詩云：「風吹柳花滿店香，吳姬酒壓勸客嘗。金陵子弟來相送，欲行不行各盡觴。請君試問東流水，別意與之誰短長？」詩意大概是：在春風吹遍，柳花飛揚的當兒，我要遠行了，朋友們前來相送，大家盡興歡飲。此刻我敬請諸位朋友，問問滔滔東流水，它與我們的離情別緒相比，到底誰短誰長？這使我想起李白的另一首詩〈贈汪倫〉：「李白乘舟將欲行，忽聞岸上踏歌聲。桃花潭水深千尺，不及汪倫送我情。」水深水長，也不及朋友情深情長。

當然，情意，不論愛恨，也可論短長，就如〈長恨歌〉最後兩句：天長地久有時盡，此恨綿綿無絕期。再從佛道哲理而言，不管短長，總歸於無；但從基督信仰而言，不管短長，總歸於永恆。這實在值得細思！

# 誰也不完美

最近香港電台教育網站「通識網」《集師廣益》邀約撰寫文章，希望為他們寫一篇對《鏗鏘集：一個都不能少》的觀後感。我看完這專輯後，真是感慨良多。

這專輯談的是罕見疾病。罕病，因為罕見，容易備受忽略，這是可以理解的。所以罕見病又稱為「孤兒病」。孤兒這名稱，令人傷感，它使人聯想到孤獨、無助、遭遺棄、欠缺關愛。

很喜歡這個節目的標題——「一個都不能少」。這是非常重要的信念：珍視每一個人，不會遺忘每一個人，即使是萬中無一的罕見病患者！事實上，罕病患者也是人，他們必然有他們存在的價值，也應該享有人的一切權利，他們的生命同樣應受到尊重。

從這節目的事例中可見，罕病患者長期不為醫學界重視，以致容易延誤確診，輕則讓病人白白受苦，重則性命攸關。節目所述，Rico 患的是「隱性瀨川病」，一個幾歲大的孩子，經歷多年到處求診，穿梭於神經

科、腦科、肌肉、骨科、兒科，像碰碰運氣似的，情何以堪！又以馬凡氏綜合症為例，若能及早確診，對症下藥，患者平均壽命可達 60 至 70 歲，但香港患者由於未能及時確診，適時服藥，平均壽命只得三十多歲。

外國有「無法斷症疾病計劃（UDP）」，交由對罕病有經驗的醫生去診斷，以較有系統的方法，進行確診和治療。但香港對此卻無任何通報機制或疾病申報——不但如此，香港現時連「罕病定義」還不曾確立，更遑論在政策上作任何配套支援了！而我們鄰近的新加坡、日本、澳洲、台灣及韓國，政府都對「罕見疾病」在政策上有所承擔，香港實在需要急起直追！

誰也不完美，每個人的身心靈或多或少也有殘缺。何不讓我們共攜手，齊發聲，使社會更合理，更公義，更平等。讓我們謹記：愛與尊重，接納和關心，適用於身邊的每一個人，包括罕見疾病的朋友。一個都不能少！

# 犯錯？犯罪？

「這行為極其量只是『輕微的判斷失誤』，絕非構成嚴重的刑事罪行，所以不應受到法庭的懲罰。」

以上是近日轟動全城的「貪曾」案中，辯方英國御用大律師 Clare Montgomery 為案主曾蔭權提出的辯詞。而結果是：於 2017 年 2 月 22 日，前特首曾蔭權爵士被高等法院裁定一項公職人員行為失當罪罪成，判監二十個月。

這「輕微的判斷失誤」到底是甚麼呢？據報載：控罪指曾蔭權在 2010 年 1 月至 2012 年 6 月出任行政長官及行政會議主席期間，在考慮和決定雄濤廣播有限公司申請數碼廣播牌照、交還調幅廣播牌照以及申請由李國章出任其董事兼主席時，沒有申報他與雄濤廣播主要股東黃楚標，就深圳東海花園一個住宅物業的租賃進行過商議，以優惠租金租下深圳豪宅。

在香港法制下，「公職人員行為失當」為普通法下的刑事罪行。一名公職人員於擔任公職或在與擔任公職

有關的情況下，故意作出不當行為（如故意忽略或不履行其職責），而有關失當行為屬嚴重而非微不足道，但該公職人員沒合理辯解或理由。即使未有確切證據證明有關公職人員因受略而故意作出有關的失當行為，而且未有令政府有任何損失，依然可被控這項罪名。

這樣看來，香港對公職人員的行為在法律上有嚴格的規管。然而，有關失當行為屬「嚴重」還是「微不足道」，是「故意」還是「偶爾疏忽」，便成為是否罪成的關鍵條件。這也是本案極富爭議的地方。

「沒有申報」，很不應該，曾蔭權也承認是自己「疏忽」了，判斷錯誤，以為是小事一椿，不用申報，他為此向市民道歉。

到底應怎樣界定一個人的行為是犯錯還是犯罪呢？現代人的說法是：由法律界定。如果所犯的錯誤是觸犯法律的就是犯罪。因此，人們都認為自己沒有犯上法律上的罪就不是一個罪人，就沒有犯過罪。然而，撫心自問，是真的嗎？如果一個人犯了罪，沒給人告發，他是否應慶幸自己可以逍遙法外，為此而沾沾自喜呢？又假如罪行被揭發了，身敗名裂，又是否永不超生呢？我們應怎樣看待一名最高領導人一下子淪為階下囚？這都值得我們細細深思。

# 人人平等

上文提及，到底怎麼界定一個人的行為是犯錯還是犯罪呢？現代人認為：由法律界定。如果所犯的錯誤是觸犯法律的就是犯罪。例如：一般而言，一個患了感冒咳嗽的人，他在公眾場所不戴口罩，人們只批評他缺德，罔顧他人健康，他錯了。但假如在疫症猖獗時期，立法定明：患上感冒咳嗽而在公眾場所不戴口罩者，是罪行，可被罰款三千元及強制隔離。那麼，這「犯錯」行為頓時變成「犯罪」行為。所以，聖經也說：律法是令人知罪。

不過，法律條文有時會有灰色地帶，資深大律師湯家驊認為現時香港法制就構成「公職人員行為失當」罪行的條件定義太闊，沒有指明甚麼行為會違法，刑事罪行在普通法下有不明確性。但不管如何，即使有待法官以證據判定，最終仍然是：法律決定誰有罪。

因此，一般人認為自己沒有犯上法律上的罪就不是一個罪人，就沒有犯過罪。難怪當我們向別人說：「聖

經謂世人都犯了罪，虧缺了神的榮耀。」換來的總是一臉不以為然的鄙夷，認為這是言過其實。大多反駁說：「我犯了甚麼罪？我沒有殺人放火，偷呃拐騙，幹嗎說我犯了罪？」這完全是從法律的角度看罪的定義。可是，聖經對罪的定義非常嚴格：犯了律法當然一定是犯罪；但即使沒有律法言明，只要作出不當的行為，甚至是意念，也算犯罪。馬太福音第 5 章 27-28 節記載耶穌說：「你們聽見有話說，不可姦淫。只是我告訴你們，凡看見婦女就動淫念的，這人心裏已經與她犯姦淫了。」按此推論，則人的一生必然犯過罪，即使你不曾真的殺人，但只要你對恨之入骨的人，心裏暗罵他：去死吧！已經犯了謀殺罪！況且，諸如嫉妒、自私、撒謊、推卸責任、貪小便宜，誰沒試過？這些在神的眼中，全是犯了罪。為甚麼要把這些「人之常情」的過錯說成是罪呢？太不近人情了吧！斷乎不是。這是不給心中惡魔留地步。若不這麼嚴謹地看待自己的思想言行，就不會警覺我們內心那無盡的慾望，不會去逃避惡行。任由惡念滋長，早晚出事。

對於前特首犯罪耶璐入獄，我們實不應幸災樂禍，也無需為他感到非常惋惜。這不過說明了：你我他同樣會受不住誘惑，儘管你是社會才俊，有多聰明，具備多

少才學，擁有多少財富權勢，甚至即使曾經真心誠意為大眾作了點好事，也會犯罪。我們不需要認為特首犯罪特別嚴重，因為他也不過是「人」。這就是我們應該面對的。面對甚麼？面對每個人自己的黑暗面，面對自己的罪性。人內在有不能不犯罪的劣根性，人人平等。

# 釋然於懷

　　上文〈人人平等〉曾引來不少迴響。當朋友看到：「對於前特首犯罪鋃鐺入獄，我們不應訕笑，也無需黯然。這不過說明了：儘管你是社會精英，有多聰明，具備多少才學，擁有多少財富權勢⋯⋯也會得意忘形，輕看誘惑。」他們最初不意為然，認為一個人既然坐上了高位就理應自己有更大克制，否則罪加一等。然而再往下看：「我們不需要認為特首犯罪特別嚴重，因為他也不過是『人』。這就是我們應該面對的。面對甚麼？面對每個人自己的黑暗面，面對自己的罪性。人內在有不能不犯罪的劣根性，人人平等。」他們直言感到有點震撼，說：好像在說自己⋯⋯

　　我曾這樣問一位朋友：為甚麼那些高官，他們的錢用三世也用不完，而且又有長俸，斷乎可安享晚年，為何還貪這小便宜？朋友回應說：「人的貪念，可令人去到控制不了不貪的地步。」啊，罪性竟能轄制人若此，真可怕！貪婪，不一定緣於名利權，有時是性色慾，有

時僅僅是虛榮心……

雖然我們時刻警醒自己不犯錯，但誰敢肯定往後不犯錯？接着，我們談：那怎麼辦？

我們想到聖經裏記載耶穌年代一位犯了姦淫罪的婦人，按當時的法律她的刑罰是被群眾用石頭打死。可是，當耶穌問群眾：「你們當中誰沒有犯過罪，誰就先拿石頭打她。」眾人由老到少立刻一個一個地溜走，最後只剩下耶穌和那犯了罪的女人。這事件不是說耶穌罔顧法紀，也不是說沒有犯罪的人才可施行刑罰，而是指出：人皆罪人！更重要的，好戲在後頭。那麼，犯了罪的人可逍遙法外？非也。聖經曾說：上主萬不以有罪的為無罪，這是神「秉行公義」的屬性。所以耶穌接着問那婦人：「沒有人留下來定你的罪嗎？」她說：「先生，沒有。」耶穌說：「好，我也不定你的罪。去吧，別再犯罪！」換言之，人必先知罪，神再赦罪。這裏說明了神有赦罪權。因此，即使我們無法自制地犯了罪，只要知罪悔過，當蒙赦免。

對承認錯誤的人，我們理應不計前嫌繼續尊重他。可是人情冷暖，人一走，茶就涼，何況你還是坐牢的，一般人總避之則吉。但且聽耶穌怎麼說：「健康的人不需要醫生，有病的人才需要；我來不是要召義人，而是

要召罪人。」這就太好了，縱使所有人鄙視我，最少還有耶穌明白我，接納我，不會嫌棄我曾犯罪；我，最少還有一個朋友！這當可釋然於懷，重拾自信，抬起頭往前走。

# 突如其來

近日天氣陰晴不定，乍暖還寒，容易生病。朋友接二連三患上重感冒，久久未能痊癒，苦不堪言。她苦中作樂，寫了一首打油詩。詩云：

| | | | |
|---|---|---|---|
| 突如其來 | 應接不暇 | 寸步不讓 | 流水落花 |
| 噴嚏襲來 | 涕泗交流 | 面罩手臉 | 把關難守 |
| 擁抱廁紙 | 消失瞬間 | 廁所卧室 | 烏煙等閒 |
| 上下氣道 | 痰涎嬉笑 | 咳嗽伴樂 | 探戈齊跳 |
| 細菌惡毒 | 揚威耀武 | 牛鬼蛇神 | 暢聚朝暮 |
| 敢問蒼天 | 蒼天無語 | 且看世道 | 此乃自然 |

初看詩歌上半部分，感到她能以如此幽默戲謔的心態面對病苦，實在搞笑。特別看到「上下氣道　痰涎嬉笑　咳嗽伴樂　探戈齊跳」，如許浪漫，令人頓覺感冒咳嗽原來也不那麼討厭，心境驀地開朗起來。

及至看到「細菌惡毒　揚威耀武　牛鬼蛇神　暢聚

朝暮」，還以為是再次描述病況之悽慘，心裏暗暗稱讚這位教授英語的老師中文的表達真不錯啊，描寫得不但精準而且精彩！且慢，再看下去……「敢問蒼天　蒼天無語」，我立時心裏一沉。啊，我的朋友，她是多麼無助無奈。記得她說過：連續多星期反覆感冒，用盡方法，看盡中醫、西醫，又有足夠休息，又注意飲食，可是，仍然咳嗽，仍然疲倦，仍然食慾不振。當然，理智上我們知道也許現在年紀大了，功能退化，即使輕微的疾病也要一段時間才能康復。

再看最後兩句「且看世道　此乃自然」，明顯另有所指。回看首句「突如其來」，不禁打了一個寒顫！說實話，世事無常，禍福難料，噩耗驟然襲來，誰可阻擋？倘時局操控於無良當權者手中，無妄之災更禍及社稷，誰可力挽狂瀾？誰可扭轉乾坤！

轉目穹蒼，宇宙運行不息，秩序井然。念及以賽亞書記載：「耶和華說：『我的意念非同你們的意念，我的道路非同你們的道路。天怎樣高過地，照樣，我的道路高過你們的道路，我的意念高過你們的意念。』」祂自有的計劃。但若祂徒有大能，可以成為惡魔，幸好，祂同時有大愛，使徒保羅寫道：「惟有基督在我們還作罪人的時候為我們死，上帝的愛就在此向我們顯明了」。這

時，我想到天父的應許：我不撇下你，也不丟棄你。你當剛強壯膽！不要懼怕，也不要驚惶，因為你無論往哪裏去，耶和華你的神必與你同在。

至此心中釋然，從「敢問蒼天 蒼天無語」的迷茫中走了出來。

# 曹綺雯著作

曹老師文如其人，處處見微知著，環環緊扣
讀者的心，語重心長之餘，目光獨到，同時
盡顯本身之赤子情懷。

——蕭恩松牧師

寫文章要不花俏不取巧並不太難，難在平
實中具見深情與韻味；像平凡中見不平凡
的人生。

——朱少璋博士

責任編輯：羅國洪
封面設計：胡　敏

書　　名：愛有多深
作　　者：曹綺雯
出　　版：匯智出版有限公司
　　　　　香港九龍尖沙咀赫德道2A首邦行803室
　　　　　電話：2390 0605　　傳真：2142 3161
　　　　　網址：http://www.ip.com.hk
發　　行：香港聯合書刊物流有限公司
　　　　　香港新界大埔汀麗路三十六號中華商務印刷大廈三字樓
　　　　　電話：2150 2100　　傳真：2407 3062
印　　刷：陽光（彩美）印刷有限公司
版　　次：2020年6月初版
　　　　　© 2020 匯智出版有限公司
國際書號：978-988-74436-5-0